Der Autor veröffentlichte bisher „Tango Tenebrista".
Ein Schmöker zum dramatischen Helldunkel von
Tango Argentino, Sex & Crime"; den Roman
„Tango up & down"; „Tödliches Tangotreiben. Die
wahre Geschichte der ‚Freiburger Vampirmorde'";
„Neapel leben und sterben. Prosa und Posse";
„Böse Blicke. Kriminalkurzroman und zwei Nach-
kriegsgeschichten"; „Janes Affenkind. Eine tierische
Geschichte", den Schwarzwaldkrimi „Dustergrund"
sowie „Verdammter Tango. Roman zur argentini-
schen Militärdiktatur".

Timm Maximilian Hirscher

Casandras Familienbande

Krimi-Erzählungen

Titelbild, Illustration und Grafik:
Simone Rosenow · art & grafikdesign

Herstellung & Verlag:
BoD — Books on Demand, Norderstedt
Print in Germany
ISBN: 9783755724230

Inhalt

Casandras Familienbande

1.

Ihr graute. Es graute der Freiburger Kriminalhauptkommissarin Casandra Deggenforst vor den nächsten Worten, die sie jetzt von ihrer Nichte Marion und von diesem Kevin hören würde. Die Pastorin fragte jeweils „Willst du...?", und Marion und Kevin antworteten „Ja". Bis auf Casandra strahlten alle Anwesenden in der Kirche. Aber im Gegensatz zu ihr, dachte sie, ahnte ja niemand sonst, was sie irgendwie wusste. Es würde zur Katastrophe kommen.

Nach der Trauung in der evangelischen Kirche in Gundelfingen wurde das Paar draußen von Angehörigen und Hochzeitgästen jubelnd mit Konfetti empfangen. Nur Casandra stand abseits. Irgendwann musste sie ja dann wohl doch zu dem Brautpaar hingehen, gab der geliebten Nichte Küsse auf die Wangen, nickte dem Ehemann zu und trat zurück. Dabei trat sie ihrem Schwager auf den Fuß.

„Entschuldige, Friedrich", stammelte sie.

„Casandra, du weißt doch, dass Scherben Glück bringen. Vielleicht gilt das auch für dieses kleine Malheur."

„Wäre nicht übel", murmelte sie und schaute verstohlen auf ihre Uhr. Ihr Handy müsste gleich klingeln.

„Wir sehen uns dann in Freiburg im ‚Colombi'. Du wirst sehen und schmecken: Es gibt ein super

Hochzeitsessen. Natürlich auf Kosten des Brautvaters."

In diesem Augenblick klingelte ihr Mobiltelefon.

„Entschuldige, Friedrich."

Am Telefon meldete sich wie verabredet ihre Kollegin Petra Weiling. Casandra tat so als höre sie zu und antwortete dann:

„Ja, danke."

Sie drehte sich zurück zu ihrem Schwager, der sie anfuhr:

„Lassen die dich nicht einmal bei der Hochzeit deiner Nichte in Ruhe?"

„Tut mir leid, Friedrich. Du weißt: mein Job. Ich werde versuchen, das abzuwenden. Bin mir aber nicht sicher... entschuldige."

Ohne auf die drohende Antwort zu warten, machte sie einige Schritte von der Hochzeitsgesellschaft weg und ging in sich. Schäbig kam sie sich vor. So zu kneifen. Und das bei der Hochzeit ihrer Nichte, für die sie nach dem frühen Tod ihrer Schwester lange Zeit Ersatzmutter gewesen war. Minutenlang starrte sie ins Leere. Sie konnte ja eh nichts ändern. Das Schicksal würde ihren Lauf nehmen. Sie gab sich einen Ruck. Zumindest wollte sie Marion beim Hochzeitsessen Gesellschaft leisten.

Nachdem Casandra in einer Tiefgarage geparkt hatte,

schritt sie zum Hotel ‚Colombi‘, steuerte dort auf ihren Schwager zu und flüsterte ihm zu, dass sie sich doch habe frei machen können. Marion eilte zu ihr und umarmte sie strahlend.

„Papa sagte mir, die Kriminalkommissarin wäre angefordert worden. Das wäre ein Schlag für mich, für uns gewesen.“

„Ja, mein Liebes, meine Kollegen sollen sich um den Fall kümmern“, schwindelte sie. „Ich bin jetzt da. Du kannst mich deinen Schwiegereltern vorstellen, die ich noch gar nicht kenne.“

2.

Casandra trat frustriert aus dem ‚Colombi‘. Sie hatte Marion zuliebe tapfer ausgehalten, sich dann aber nach einer Anstandsfrist verabschiedet. Einen freien Tag hatte sie sich genommen und überlegte jetzt, ob sie sich nicht ins Auto setzen und in den Schwarzwald fahren sollte. Abstand zu diesem Familienfest brauchte sie. Aber warum diesen Aufwand? Sie zog in ihrem Wagen die High Heels aus und schlüpfte in bequeme Halbschuhe. Dann machte sie sich durch die Innenstadt auf zur Dreisam und schlenderte an ihr entlang bis nach Ebnet. Im Gedanken war sie bei ihrem väterlichen Freund Oberstaatsanwalt a.D. Herbert Kluwann, mit dem sie sich über die ihrer Überzeugung nach anbahnende bedenkliche Sache aussprechen wollte. Vielleicht hatte sie dann den Kopf frei für eine wie gewohnte Schachpartie mit ihm.

Auf dem Rückweg wurde Casandra fast von einem Fahrradfahrer angefahren. Er hatte sich ihr auf dem schmalen Weg von hinten genähert und geklingelt. Sie wich aus, er wich aus, aber beide in dieselbe Richtung. Sie merkten es beide und wichen aus, wieder beide nach der anderen Seite. Er bremste scharf, stieg ab und meinte lachend:

„Wir sollen anscheinend nicht aneinander vorbei."

Casandra hatte sich umgedreht, musterte den Mann.

„Können oder wollen Sie nun nicht an mir vorbei?"

„Hallo! Da kann ich mit gutem Recht zurückfragen: Kann oder darf ich Sie nicht überholen?"

Er sagte es mit einem spitzbübischen Lächeln und ergänzte:

„Hand aufs Herz" - er legte dabei seine rechte Hand auf seine Brust - „das ist mir wirklich zum ersten Mal so passiert."

Casandra gab schmunzelnd zurück:

„So? Und ich dachte mir, dass das Ihre Masche ist,..."

„Meine Masche, Frauen aufzureißen?"

Er lachte lauthals auf.

„Aber ich habe Sie doch nur von hinten gesehen.

Sie haben zwar eine tolle Figur..."

„Stopp, Herr Unbekannt! Nicht weiter, bevor es banal wird. Das war jetzt ein nettes Intermezzo. Fahren Sie nun einfach weiter, und ich gehe einfach weiter."

Prompt bewegten sich die beiden zur selben Seite. Beide konnten ein Grinsen nicht unterdrücken.

„Also, was schlagen Sie vor?"

Kaum hatte Casandra das gesagt, bereute sie ihre Worte, die nach einer Einladung klangen. Aber irgendwie war ihr der Mann sympathisch. Einfach eine erfrischende Abwechslung zu der drögen Hochzeitsgesellschaft.

„Da wir offenbar einfach nicht aneinander vorbeikommen, nehmen wir einfach die Gelegenheit wahr, das Café da drüben zu besuchen. Und Sie laden mich zu einem Cappuccino ein."

„Ich lade Sie ein?"

„Na klar. So brauchen Sie sich zu nichts verpflichtet fühlen", sagte er mit einer treuherzigen Miene.

Casandra musste lachen und fragte:

„Sie sind doch nicht etwa Psychologe?"

„Wie kommen Sie darauf?"

„Na, diese raffinierte Aussage."

„Nein, ich bin kein Psychologe. Wenn Sie wollen, lade ich Sie natürlich gerne ein. Aber eigentlich würde ich das lieber beim nächsten Mal machen."

„Sie sind mir einer! Ok, ich zahle. Kommen Sie!"

3.

Am Abend des Hochzeitstages flüchtete Casandra wie geplant zu Herbert Kluwann. Sie musste sich aussprechen mit dem einzigen Menschen, dem sie vollkommen vertraute und dem sie sich in der Vergangenheit bezüglich ihrer besonderen Begabung anvertraut hatte. Begabung? Eigentlich empfand sie es als Heimsuchung.

Der 84-jährige Pensionär öffnete ihr die Haustür und musterte sie.

„So schlimm, Casandra?"

„Noch schlimmer, Herbert."

„Komm erst einmal rein! Ich habe einen wirklich guten Kaiserstühler aus dem Keller geholt. Ein Glas wird dir nicht schaden. Wird uns nicht schaden."

Sie machten es sich im Wohnzimmer bequem, während Herbert die Weinflasche und zwei Gläser aus der Küche holte und einschenkte. Sie stießen an.

„Schieß los, Casandra! War die Hochzeit so schlimm?"

„Nein, Herbert, nicht die Hochzeit an sich. Aber ich hatte dir ja schon wiederholt über den Verlobten, jetzt Ehemann meiner Nichte, geklagt. Ich ahne, ich habe es dir ja schon erzählt, dass es zu einer Katastrophe kommen wird."

Casandra hatte bewusst das Wort „ahnen" gewählt, weil es auch Herbert beim Wort „wissen" unbehaglich war, trotz seines großen Verständnisses für sie. Von anderen Menschen ganz abgesehen. Aber sie „wusste" einfach immer wieder zukünftige Ereignisse. Bei der Polizei war sie für ihren „sechsten Sinn" berühmt-berüchtigt.

„Deine Nichte ist jetzt verheiratet mit diesem Kevin Steinschlag. Du hast sie also nicht davon abbringen können?"

„Ich habe es gar nicht versucht. Jeder Versuch, sie über diesen Menschen aufzuklären, hätte doch bei einer bis über den Kopf Verliebten nur das Gegenteil erreicht. So ist das nun einmal. Ich habe wider besseres Wissen nie die Hoffnung aufgegeben, dass in Marion selbst Zweifel keimen. Vergebens. Alle Hochzeitsgäste schwärmten von dem stattlichen, gut aussehenden, sympathischen, intelligenten Bräutigam. Selbst mein Schwager, ein sonst nüchterner Geschäftsmann, scheint in seinem Schwiegersohn eine künftige Stütze seiner Firma zu sehen. Dort arbeitet er ja schon."

Herbert schenkte Casandra nach.

„Ich habe auch seine Eltern kennengelernt", fuhr sie fort. „Ein Pädagoge und eine Psychologin. Kevins Kinderstube muss eine subtile Hölle gewesen sein.

Eltern, die unbeirrbar und protestantisch genau wissen, was richtig für den Herrn Sohn ist. Überquellend überzeugt von der eigenen Elternqualifikation. Und..."

„Liebe Casandra, lass gut sein!"

„Du hast Recht, Herbert. Aber das noch: Marion oder ihr Vater hatten ihnen offensichtlich von den griechischen Wurzeln erzählt, von meiner griechischen Großmutter, nach der ich benannt worden bin. Da wies mich der Vater Kevins auf den Film ‚Alexis Sorbas' hin. Ich würde der griechischen Schauspielerin Irene Papas in dem Film so ähneln. Doch du hast Recht. Warum reg ich mich so auf? Es bringt ja nichts. Das Schicksal wird seinen Lauf nehmen."

Erschöpft stürzte sie den Inhalt des Glases hinunter und bat um ein weiteres.

„Ich bin mit dem Bus gekommen. Nachher nehme ich ein Taxi."

„Lach mich nicht aus, Casandra! Aber als wir uns vor vielen Jahren beruflich kennenlernten, kam mir bei deinem Anblick auch sofort die hübsche Witwe Surmelina in den Sinn."

„Welche Witwe?"

„Na die, die Irene Papas in dem Film darstellt. Ihr ähnelt euch wirklich, wenn du auch strenger wirkst. Vielleicht hängt es auch an deinem hochgesteckten Haarschopf. Ein Unterschied ist natürlich auch dein

Profil, das der Idealvorstellung der antiken Griechen nahe kommt."

„Das erinnert dich also ständig an den Kopf einer griechischen Götterstatue? Seit wann machst du mir solche Komplimente?", fragte Casandra und hielt ihm ihr Glas hin, da er vergessen hatte nachzuschenken. „Wie dem auch sei. Du hast da ein Buch vor dir liegen."

„Ja, Schillers Gedichte. Fielen mir diese Tage in die Hände. Und da entdeckte ich ein Gedicht mit dem Titel „Kassandra", das ich bisher nicht kannte. Es beschreibt die mythologische Geschichte um die Troianerin. Zwei Zeilen des Gedichts erinnerten mich an deine ‚Sehergabe'. Es heißt da: ‚Nur das Nichtwissen ist das Leben, und das Wissen ist der Tod.' Ich zitiere da nicht korrekt."

Beide schwiegen. Schließlich sagte Casandra seufzend:

„Ja, ich weiß offenbar zu viel. Ich habe mir dieses Schicksal nicht ausgesucht. Die alten Griechen würden wohl geraunt haben: ‚Von einem Gott geschlagen.' Die Justiz freut sich verständlicherweise über die tolle Aufklärungsrate ihrer Kriminalistin. Aber lassen wir das, und spielen wir eine Partie Schach!"

Wie gewohnt zündete sich Herbert dazu eine seiner bereits gestopften Pfeifen an, und Casandra paffte ein Zigarillo. Von einer leichten Tabakwolke umgeben zogen die beiden die ersten Schachfiguren.

4.

Von der überraschenden Bekanntschaft des Nach-
mittags hatte sie Herbert nichts erzählt. Casandra
lag im Bett und ließ das harmlose Abenteuer, wie
sie es sich gegenüber nannte, in Gedanken nochmals vorüberziehen. So viel wie in diesen knapp zwei
Stunden hatte sie schon lange nicht mehr gelacht.
Sie hatten sich ihre Vornamen genannt, waren aber
beim Sie geblieben und hatten im Café eigentlich nur
herumgealbert.

„Casandra? Ein ungewöhnlicher Name, richtig
geheimnisvoll. Mein Felix ist dagegen einfach sim-
pel", hatte er gemeint.

„Aber vielleicht dazu bestimmt, glücklich zu sein.
Was wollen Sie mehr?"

„Wer weiß?"

Dieser Felix war in ihrem Alter, Mitte 40, mit einer
leichten Stupsnase. Ein wahres Kontrastprogramm
zu ihrem klassisch geraden Nasenrücken.

Obwohl sie fast zwei Stunden lang geschwatzt hatten,
wusste sie außer seinem Vornamen nichts von ihm.
Und sie hatte auch nichts von sich erzählt. Am Ende
des Kaffeeplauschs gab er ihr seine Handynummer,

sie ihm ihre Festnummer. Er könne es ja mal zwischen 9 und 23 Uhr probieren, aber sie sei beruflich sehr beschäftigt. Es wäre ein glücklicher Zufall, wenn er sie mal erreichen würde.

„Ich werde nicht locker lassen. Irgendwann erreiche ich Sie", meinte er grinsend.

„Wer weiß?", hatte sie zurückgegeben.

Vor dem Einschlafen ging ihr noch die Frage durch den Kopf: Hatte nun er sie oder sie ihn aufgerissen? Aber Teenager waren sie ja nun wirklich nicht mehr.

5.

Die Ansichtskarte kam zehn Tage nach der Hochzeit von den Seychellen. Üppiges Meer, karge Zeilen. Marion hatte vermutlich Dutzende Karten verschickt mit einem ähnlichen Gruß, dass es ihnen gut gehe, das Meer herrlich sei und sie glücklich seien. Herzlichst, auch im Namen des Schreibmuffels Kevin.

Casandra wollte die Karte schon achselzuckend zur Seite legen, als ihr etwas auffiel. Unten war blass verwischt ein P.S. zu entziffern. Was wollte Marion noch mitteilen und unterließ es dann? Casandra zwang sich, nicht weiter die Kriminalistin zu sein. Aber sie schaffte es nicht. Es war früher Samstagnachmittag, vielleicht war Friedrich zu Hause. Der hatte ganz sicher auch so eine Karte bekommen. Erst wollte sie ihn anrufen, aber das hätte zu offiziell geklungen. Seit Monaten war sie nicht mehr in der Villa ihres Schwagers gewesen. Warum nicht einfach vorbeifahren? Sie setzte sich ins Auto und fuhr hin, klingelte und hörte aus der Sprechanlage am Eingangstor des Grundstücks eine weibliche Stimme:

„Ja?"

„Hallo, hier ist die Schwägerin von Herrn Maier. Ist er zu Hause?"

„Nein, Fritz müsste aber demnächst hier auftauchen. Kommen Sie doch herein!"

An der Haustür trat ihr eine hübsche Blondine entgegen. Casandra schämte sich insgeheim, aber ein weniger klischeehaften Ausdruck kam ihr nicht in den Sinn.

„Hallo, ich bin Gerlinde Morgen."

„Hallo, Casandra Deggenforst."

„Treten Sie doch ein! Fritz hatte noch im Büro zu tun. Hat aber vor zehn Minuten angerufen, dass er gleich zu Hause sein wird. Einen Kaffee, Tee oder..."

„Danke, Frau Morgen. Aber da Friedrich gleich hier ist, warten wir damit doch noch auf ihn."

Casandra hatte keinerlei Neigung zum Smalltalk, aber die junge Frau plapperte allein genug. Sie konnte nur ein paar Jahre älter als ihre Nichte sein. Aber das war ja nicht das Problem der Schwägerin.

Glücklicherweise traf Friedrich wirklich ein paar Minuten später ein. Gerlinde war ihm entgegengeeilt und hatte ihn abgeküsst. Als er danach seine Schwägerin im Hintergrund stehen sah, schien ihm das in keiner Weise peinlich zu sein. Aber überrascht war er.

„Hallo, Casandra. Was führt dich hierher? Gerlinde hast du wohl schon kennengelernt. Ist was passiert?" Sie gaben sich relativ zurückhaltende Wangenküsschen.

„Nein, Friedrich. Ich war gerade in der Nähe und wollte mich nur erkundigen, ob du etwas Neues von Marion erfahren hast."

„Oh, ihr geht es, ihnen geht es offensichtlich prima. Flitterwochen eben. Ein paar SMS-Botschaften. Ah, Gerlinde, du hast mir doch am Telefon gesagt, dass heute eine Karte von den Seychellen angekommen ist."

„Einen Augenblick, Schatz, hier ist sie. Ich mache mal für uns alle einen Kaffee."

Friedrich las laut den Text auf der Karte vor, der bis auf die Anrede identisch war mit dem Text an Casandra.

„Willst du mal sehen? Aber sicherlich hat sie auch dir so etwas geschickt. Sie lässt doch ihre Tante nicht leer ausgehen. Vermutlich steckt sie bei dir zu Hause im

Briefkasten."

„Du wirst Recht haben, Friedrich. Darf ich aber trotzdem einen Blick darauf werfen? Danke. Ja, ein herrliches Meer. Vielleicht sollte man auch einmal dorthin fliegen."

„Heuchlerin, die du bist. In deiner Jugend bist du zwar noch mit deiner Schwester regelmäßig zu eurer Großmutter nach Griechenland gefahren, wie mir Anna erzählt hatte. Aber seitdem die Großmutter nicht mehr lebt und du bei der Polizei arbeitest, hat sich in dieser Hinsicht doch gar nichts mehr getan. Kannst du dich überhaupt noch erinnern, wann du einmal privat am Kaiserstuhl oder auf dem Schauinsland gewesen bist? Als Anna noch lebte, waren wir praktisch jedes Jahr in Griechenland gewesen. Das Meer ist dort genau so blau...."

Während Friedrich schwadronierte, hatte Casandra den Text auf der Ansichtskarte geprüft. Ein P.S. war dort nicht zu sehen, auch nicht die Andeutung davon. Sie reichte ihrem Schwager die Karte zurück.

„Kaffee und Kuchen stehen bereit", rief Gerlinde von der Gartenterrasse aus. Casandra atmete tief durch und setzte ein freundliches Lächeln auf. Diese kleine gesellschaftliche Verpflichtung musste sie in Kauf nehmen.

Casandra war eine schlechte Gesprächspartnerin während der Kaffeerunde gewesen. Ihr Schwager fragte sich sicherlich, was dieser Besuch eigentlich sollte. Auf der Heimfahrt ging ihr weiter die Frage durch den Kopf, was in einem P.S. hätte stehen können. Wer anders als dieser Kevin hatte da dazwischen gefunkt!? Oder litt sie schon unter Verfolgungswahn? Casandra nahm sich vor, nach der Rückkehr des Ehepaars ihre Nichte so nebenbei darüber zu befragen.

6.

Als Casandra drei Wochen später ausnahmsweise schon am frühen Abend vom Dienst nach Hause kam, saß da auf der Treppe vor ihrer Wohnungstür die Nichte.

„Hallo, Marion, das ist aber eine Überraschung. Du hast Glück, dass ich heute schon so früh nach Hause komme. Lass dich umarmen!"

„Hallo, Tante Casandra, ich hatte bei dir im Büro angerufen. Da sagte man mir, dass du nach Hause unterwegs bist."

Casandra hatte ihrer erwachsenen Nichte vor Jahren angeboten, sie einfach beim Namen zu nennen, aber die war dagegen. Freundinnen habe sie genug, aber nur eine Tante. Die wolle sie nicht verlieren. Auf jeden Fall umarmten sich Nichte und Tante lange innig. Dann drückte Casandra ihr die Einkaufstüten in die Hand und öffnete die Wohnungstür. Sie platzte schier vor Neugier, was Marion zu ihr getrieben hatte. Das Mädchen war früher regelmäßig bei ihr zu Gast, so weit der Polizeiberuf das zeitlich ermöglichte. Nach dem frühen Krebstod ihrer Schwester Anna hatte sich Casandra verstärkt um die Halbwaise gekümmert. Auch als Studentin war Marion noch oft bei ihr gewesen, bis sie diesen Kevin kennengelernt hatte.

„Ich hoffe, es ist nichts passiert, dass du hier unangekündigt auftauchst. Aber wie auch immer, du bist bei mir allzeit willkommen, wie du weißt."

„Nein, es nichts Dramatisches vorgefallen. Kevin ist aber, wie ich als jung Vermählte feststellen muss, ein wahrer Workaholic. Wenn er so weitermacht, kann der Abteilungsleiter bald meinen Vater ersetzen."

„Na, ganz so schnell wird das wohl nicht gehen, dass sich dein Vater das Heft aus der Hand nehmen lässt. Aber ich verstehe: Anstatt auf den Nachtarbeiter zu warten, stattest du lieber deiner Tante einen Besuch ab. Finde ich prima, dich wieder einmal hier zu sehen. Isst du einen Happen mit? Ich habe aber nur einiges für ein Abendvesper, wenn dir das auch recht ist."

Während sie gemeinsam das Abendbrot einnahmen, beobachtete Casandra ihre Nichte intensiv. Aber die ließ sich das Essen offensichtlich unbeschwert bekommen.

„Ah, vielen Dank übrigens für die Urlaubsansichts-
karte."

Casandra holte sie von ihrem Schreibtisch.

„Das Meer lädt wirklich zum Reinspringen ein."

Sie drehte die Karte um und sagte neckend:

„Der Text weist allerdings mit nichts auf die künftige
Germanistin hin."

„Aber, Tante Casandra, das war wirklich Massenpro-
duktion. Entschuldige."

„Ach, Marion, das war doch nicht ernst gemeint.
Also...ah, halt, hier unten schienst du ein P.S. anfügen
zu wollen, aber da steht weiter nichts."

„So? Lass mal sehen! Tatsächlich. Keine Ahnung, was
ich damit im Sinn hatte. Vielleicht nur: Ich hab dich
lieb."

Beide nahmen sich in die Arme.

„Willst du mir ein wenig erzählen über den Urlaub?
Du weißt, ich habe noch nie eine Hochzeitsreise gemacht. Bin einfach neugierig."

„Bei einem Glas Wein aber, Tante."

Sie machten es sich gemütlich, nippten am Wein,
und Marion erzählte:

„Kevin war wirklich der aufmerksamste Ehemann,
den sich eine Frau wünschen kann. Er schien mir
meine Wünsche von den Augen abzulesen. Ich kann
mich wirklich nicht beklagen. Was mir auffiel, dass

er sich gegenüber den Zimmermädchen und der Restaurantbedienung doch sehr kleinlich und herablassend benahm. Vielleicht schlägt sich da der Abteilungsleiter nieder."

Casandra fragte nicht weiter nach, als Marion ins Stocken geriet. Sie hatte sich zur Maxime gemacht, in Privatsachen keine Fragen zu stellen. Beruflich war sie ja ständig zum Fragen gezwungen. Privat aber fand sie, dass eine Sache vom anderen angesprochen werden sollte, wenn die Angelegenheit reif ist. Jetzt schien die Sache noch nicht reif zu sein, denn Marion wollte offensichtlich nicht weiter über Kevin sprechen. Oder gab es da einfach nichts zu sagen?

„Casandra, so von Frau zu Frau, von Ehefrau zu Frau: Hat es eigentlich keinen Mann in deinem Leben gegeben?"

„Nein, es hat keinen Mann in meinem Leben gegeben. Allerdings einige Männer. Aber es stellte sich rasch heraus, dass keiner der Richtige für mich war."

„Sie taugten alle nichts?"

„So weit will ich nicht gehen, Marion. Sie taugten alle nichts für mich – oder ich taugte nichts für die. Vielleicht war ich aber zuweilen etwas voreilig mit meinem Urteil und meiner Entscheidung."

„Nun, vielleicht hat dich das ja von einem Irrtum abgehalten."

Nachdem sich Marion verabschiedet hatte, saß Casandra noch lange da und ließ ihre Gedanken schweifen. Einen allzu glücklichen Eindruck hatte die junge Ehefrau nicht gemacht. Aber vermutlich hatte sie einfach der Ehealltag eingeholt, wenn das auch in diesem Falle ziemlich rasch geschehen war. Dramatische Probleme gab es aber offenbar nicht. Und doch hatte sich die Situation für Casandra nicht grundsätzliche entspannt. Noch immer war da die drohende Katastrophe. Sie schüttelte den Kopf und trank die angebrochene Flasche leer.

7.

Die folgenden Wochen und Monate waren nicht leicht für Casandra. Sie hatte sich im Griff, um mit ihren Kollegen in verschiedenen Ermittlungsfällen professionell zu ermitteln, doch ihre Ahnung, ihr Wissen um die befürchtete Katastrophe in der Familie ließ sie innerlich nicht zur Ruhe kommen. Es belastete sie, nicht mit ihrer Nichte darüber sprechen zu können. Was heißt „können". Sie hatte es sich ja selbst verboten.

Glücklicherweise gab es diesen Felix, der etwa alle drei Tage anrief und ein paar lustige Worte auf ihrem Anrufbeantworter hinterließ. Zweimal war sie zu Hause gewesen, hatte aber den Telefonhörer nicht abgenommen. Aber dann hatte sie ihn an einem späten Nachmittag vom Büro aus angerufen. Es sah nach einem freien Abend aus. Und sie erreichte ihn.

„Hallo, Felix, hier ist Casandra. Ich habe ausnahmsweise Zeit und habe Lust auf eine Pizza. Wie steht es mit Ihnen?"

„Hallo, Casandra. Das ist eine schöne Überraschung. Sie leben! Ich habe eigentlich einen Termin..."

„Schade, Felix, vielleicht ein andermal."

„Nein, nein, ich werde den Termin absagen."

„Mit welcher Begründung?"

„Ganz einfach. Ich werde sagen: Ich muss unbedingt eine Pizza essen mit Casandra."

„Und das geht durch?", fragte sie lachend.

„Die können mich mal. Wo und wann?"

„In einer Stunde vor dem Münster. Da können wir uns nicht verfehlen und haben es nicht weit."

„Ok, ich freue mich riesig."

„Auf die Pizza?"

„Klar. Diese Casandra nehme ich dabei in Kauf."

„Felix, passen Sie auf! Ich werde Ihnen die Ohren lang ziehen."

Er lachte nur.

Es war früh am Abend. Die beiden waren die ersten

Gäste in der Pizzeria, doch das Feuer im Ofen brannte schon. Die Pizza war noch nicht aufgegessen, als Casandras Handy klingelte. Sie verdrehte die Augen, meldete sich und hörte zu.

„Ok, in einer Viertelstunde bin ich da."

Sie blickte entschuldigend zu Felix über den Tisch und erhob sich.

„Jetzt wissen Sie, was auf sie zukommt, wenn sie künftig weiter mit mir Pizza essen wollen. Ich bin bei der Kripo, Mordkommission. Jemand hat sich nicht um unser gemeinsames Abendessen geschert. Sie sind mit dem Zahlen dran, nicht wahr? Falls es ein nächstes Mal gibt, übernehme ich die Pizzen. Tschüss, Felix."

Und schon war sie draußen.

Felix hob traurig die Schultern – und aß dann das von ihr übrig gebliebene Stück Pizza auch noch auf.

Ein paar Tage später rief Casandra wieder bei ihm an, entschuldigte sich für das so abrupt unterbrochene Pizzaessen und lud ihn zu sich zum Abendessen ein.

„Keine Pizza", sagte sie. „Ich lasse etwas vom Griechen um die Ecke kommen."

Es wurde ein vergnügter Abend, ohne kriminalistische Unterbrechung. Sie hatten sich verabschiedet und Casandra hatte die Wohnungstür hinter ihm zugemacht. Doch dann öffnete sie noch einmal, rief ihn zurück, er war schon ein Stockwerk hinuntergestiegen, küsste ihn auf die Wangen und flüsterte:

„Bis zum nächsten Mal."

8.

Wann immer Casandra in dieser Zeit zu einem Todesfall gerufen wurde, zitterte sie innerlich. Ihr fiel dann ein Stein vom Herzen, wenn es sich nicht um eine junge Frau handelte. Gelegentlich schüttete sie ihrem alten Freund Herbert ihr gebeuteltes Herz aus, doch der konnte ihr auch nicht weiter helfen, als ihr nur ruhig zuzuhören und ihr ein weiteres Glas Wein anzubieten.

Als Casandra an einem frühen Novembermorgen angerufen und vom Fund einer am Dreisamufer liegenden Leiche informiert wurde, schnellte ihr Pulsschlag wieder einmal hoch. Noch war nicht klar, ob es sich um eine Frau oder einen Mann handelte. Sie alarmierte sofort ihre Kollegen, Kriminaloberkommissar Max Sondermann und Kriminalkommissarin Petra Weiling. Nach einer Katzenwäsche zog sich Casandra rasch an, setzte sich ins Auto und fuhr zum Fundort der Leiche. Dort hatten uniformierte Polizeibeamte schon abgesperrt. Weiling und

Sondermann waren vor ihr eingetroffen und kamen auf ihre Vorgesetzte zu.

„Es handelt sich um einen jüngeren Mann mit eingeschlagenem Schädel. Der Fundort ist offensichtlich nicht der Tatort", sagte Sondermann.

Casandra atmete tief durch. Wieder einmal Fehlalarm, dachte sie. Sie trat zur Leiche und fuhr zusammen.

„Mein Gott!", rief sie aus.

„Du kennst den Toten?", fragten Weiling und Sondermann gleichzeitig.

Casandra schnappte nach Luft und nickte.

„Es ist der Ehemann meiner Nichte: Kevin Steinschlag."

Alle drei schwiegen für einen Augenblick.

„Hört zu!", sagte Casandra. „Ich bin natürlich aus dem Fall raus. Gehöre zum Familienkreis. Bin befangen. Also, ihr beide übernehmt die Ermittlungen! Natürlich stehe ich euch als Angehörige zur Befragung zur Verfügung. Ich gehe jetzt gleich in die Dienststelle und schildere Kriminaldirektor Bauer die Situation und empfehle ihm, euch beide offiziell mit den Ermittlungen zu beauftragen. Ihr habt in den vergangenen Jahren hervorragende Arbeit geleistet und schafft das. Da bin ich sicher. Ich werde euch nicht im Wege stehen. Also an die Arbeit!"

„Willst du es der Witwe mitteilen, Casandra?", fragte

Weiling.

„Nein, nein. Das ist eure Aufgabe. Ihr wisst, so eine Erstbegegnung kann für die Aufklärung des Falls sehr wichtig sein. Und, ist ja klar, ich kann hier gar nicht objektiv sein. Also gute Arbeit! Ich werde im Büro sein und stehe euch natürlich immer zur Verfügung. Inoffiziell natürlich. Keine Rücksicht, Vorgesetzte hin oder her. Ihr seid Profis. Handelt wie Profis! Die Eltern des Toten, Else und Otto Steinschlag, wohnen in Gundelfingen. Tut mir Leid, die genaue Adresse weiß ich nicht. Ran an die Arbeit!"

Casandra ging, setzte sich in ihren Wagen, fuhr los, doch hielt sie wenig später an. Prompt hatte sie vergessen, auf ihren Schwager hinzuweisen. Sie schickte Sondermann eine entsprechende SMS mit dem Hinweis, dass der Tote Mitarbeiter des Bauunternehmers, seines Schwiegervaters, gewesen sei.

Sie war verwirrt. Die Katastrophe war da. Sie hatte es ja gewusst. Doch dass sie so aussah! Erst nach einer langen Weile startete sie den Motor wieder und fuhr los.

9.

Casandra saß in ihrem Büro mit einem Stapel Akten vor sich auf dem Schreibtisch. Genug Arbeit, aber den

Kopf dazu hatte sie nicht. Sie hatte sich kurz überlegt, Urlaub zu nehmen oder ihre zahlreichen Überstunden durch Auszeit zu reduzieren. Doch dazu hatte sie jetzt einfach nicht die Ruhe. Auch müsse sie ja als zur Familie gehörend, befragt werden können. Und natürlich inoffiziell wollte sie vom Rande aus einen Einblick in die Ermittlungen haben. Es war schon schlimm genug für sie, dass sie offiziell die Hände in den Schoß legen musste.

Seufzend zog Casandra eine Aktenmappe zu sich, doch stockte sie gleich wieder. Sie sah Sondermann und Weiling vor sich, wie sie ihrer Nichte Marion die Nachricht von dem gewaltsamen Tod ihres Mannes überbrachten – und dann nach ihrem Alibi fragten, sofern der voraussichtliche Zeitpunkt des Todes inzwischen schon bekannt war. Casandra zwang sich, nicht weiter darüber nachzudenken, schlug die Aktenmappe auf und machte sich an die Arbeit. Dabei wurde sie nach einer Stunde unterbrochen durch einen Telefonanruf. Es war ihre Nichte.

„Tante Casandra, Kevin ist tot. Offenbar ermordet. Die Kripoleute waren gerade bei mir da. Was für ein Unheil! Was soll ich tun?"

„Liebe Marion, versuch zur Ruhe zu kommen, auch wenn das schwer ist. Natürlich ist in diesem Moment nichts ok. Der gewaltsame Tod Kevins und die

Befragung durch meine Kollegen sind natürlich eine riesige Belastung. Zunächst werden die Angehörigen befragt. Ich selbst werde auch noch befragt, gehöre ich doch zum Familienkreis, in den Kevin eingeheiratet hat. Deshalb bin ich aus dem Fall raus." „Tante, ich werde noch verrückt. Was die beiden Kripoleute mich alles gefragt haben! Und dann haben sie mir eine DNA-Probe entnommen. Als ob ich, ich!, Kevin umgebracht hätte."

„Marion, dass ist reine Routinesache."

„Casandra, ich glaube, sie sind jetzt in die Firma gefahren, um Vater zu befragen. Soll ich ihn vorwarnen?"

„Liebes, das ist nicht nötig und würde ein falsches Signal sein. Dein Vater ist Manns genug, mit der Sache umzugehen. Das ist zunächst nur alles Routinearbeit. Hör zu, Marion! Sobald ich in dem Fall meine Aussage gemacht habe, komme ich zu dir. Ok?"

„Ok. Aber was mache ich bis dahin?"

„Hast du schon gefrühstückt?

„Nein."

„Na, fang doch damit an!"

Als ihre beiden Kollegen ins Büro traten grüßten sie Casandra etwas verlegen.

„Hört zu! Ich weiß, dass das eine ungewöhnliche und

unangenehme Situation für uns alle ist. Versucht, das so profimäßig durchzuziehen, wie wir das immer gemacht haben. Nehmt da keine Rücksicht darauf, dass eure Vorgesetzte so halb zur Familie des Toten gehört. Befragt mich, wie ihr die andern auch befragt!"

„Können wir das Ganze nicht gleich hinter uns bringen?", sagte Sondermann.

„Ja", meinte Weiling, „gehen wir zu deiner Befragung doch nach nebenan."

„Klar, machen wir. Bauer hat übrigens ohne zu zögern zugestimmt, dass ihr beide die Ermittlungen in dem Fall führt. Ich zweifle nicht daran, dass ihr das hinkriegt."

Die Befragung dauerte nicht lange. Casandra gab offen zu, dass sie Kevin Steinschlag nicht ausstehen konnte. Seine geleckte Art und seine intellektuelle Arroganz seien ihr unerträglich gewesen. Ihre Nichte hätte ihr irgendwann den neuen Freund vorgestellt. Danach habe sie ihn nur kurz bei bei einem zufälligen Treffen in der Stadt gesprochen und dann bei der Hochzeit erlebt. Was ihre Nichte an dem Mann gefunden habe, sei ihr nie erklärlich gewesen. Über seine Arbeit in der Firma ihres Schwagers wisse sie gar nichts.

„Wo warst du gestern Abend so von 21 bis 23 Uhr?"

„Das ist also die vermutliche Todeszeit. Ich war etwa von 20 bis 24 Uhr bei Oberstaatsanwalt a.D. Herbert

Kluwann. Wir sind alte Freunde, wenn ich das so sagen darf. Wir haben uns über Gott und die Welt unterhalten und zwei, nein drei Partien Schach gespielt. Hier ist seine Telefonnummer", sagte Casandra und reichte den beiden ihr Handy hinüber.

„Irgendeine Idee, wer den Mann deiner Nichte getötet haben könnte?"

„Keine Ahnung. Noch Fragen? Nein. Wenn es das war, würde ich jetzt zu meiner Nichte fahren. Sie ist, verständlicherweise, völlig niedergeschlagen. Ihr könnt mich jederzeit anrufen, wenn nötig."

Beim Hinausgehen flüsterte Weiling Casandra zu, dass die Nichte kein Alibi habe. „Deinen Schwager konnten wir noch nicht sprechen. Der ist geschäftlich unterwegs. Und die Eltern des Toten sind im Urlaub an der Ostsee. Deine Nichte wollte mit ihnen telefonieren."

10.

Als Marion die Wohnungstür öffnete, war augenscheinlich, dass die Nichte völlig durch den Wind war. Casandra nahm sie wortlos in die Arme.

„Du hast noch nicht gefrühstückt, nicht wahr?"

„Nein, Tante Casandra, ich bin einfach nicht in der Lage dazu. Ich wollte eigentlich, aber dann rief ich meine Schwiegereltern an. Du kannst dir vorstellen, dass sie die Nachricht niedergeschmettert hat. Sie wollen sofort ihren Urlaub abbrechen und zurückfahren. Mein Schwiegervater meinte, dass ja die Beerdigung organisiert werden müsse. Mein Vater hat sich vorher gemeldet. Sein Büro teilte ihm mit, dass die Polizei mit ihm sprechen müsse. Ich nannte ihm den Grund. Er blieb erst stumm, dann sagte er, dass er sich später wieder melden werde. Ich habe ihm gesagt, dass du mich besuchen würdest. Wer kann da noch an ein Frühstück denken?"

„Ich, denn ich habe außer einem Kaffee im Büro noch nichts im Magen. Wir beide müssen uns stärken. Ich hatte mir schon so etwas gedacht, beim Bäcker haltgemacht und ein paar Brezeln und Croissants gekauft. Jetzt machen wir einen Brunch, du und ich."

Nachdem sich die beiden gestärkt und einen dritten Kaffee getrunken hatten, brach es aus Marion heraus: „Ich hatte den Eindruck, dass deine Kollegen mich verdächtigen, Kevin umgebracht zu haben. Vielleicht einfach, weil ich kein Alibi habe. Ich war gestern vom späten Nachmittag an zu Hause, schrieb an meiner Hausarbeit für die Uni und bereitete dann das Abendessen vor. Doch Kevin kam nicht. Das kam sehr oft vor, dass er Überstunden machte. Aber da rief er eigentlich immer an und sagte, ich solle mit dem Abendessen nicht auf ihn warten. Diesmal nicht. Keine Antwort von seinem Handy. Auch spät abends, als ich zum letzten Mal anrief. Nichts. Zuvor hatte ich meinen Vater angerufen. Er war zu Hause und sagte, er habe Kevin zuletzt im Büro gesehen, als er selbst gegen 21 Uhr von dort nach Hause gefahren sei. Irgendwann ging ich zu Bett. Heute morgen wachte ich auf, als es an der Tür klingelte. Da standen deine beiden Kollegen. Was haben sie denn zu dir gesagt, Tante?"

„Offiziell nichts. Weil ich nicht an den Ermittlungen beteiligt bin, Ich gehöre doch zur Familie. Im Augenblick weiß ich nicht mehr als du."

„Und inoffiziell?"

„Was ich dir jetzt sage, muss unter uns bleiben. Verstanden? Kein Wort Dritten gegenüber, auch nicht zu deinem Vater oder deinen Schwiegereltern. Sonst könnten meine Kollegen Schwierigkeiten bekommen und ich auch."

„Verstanden, versprochen."

„Ich habe nur kommentarlos erfahren, dass du kein Alibi hast. Das muss nicht negativ sein. Die meisten Täter sorgen dafür, dass sie ein Alibi vorweisen können. Auch wenn sich dieses dann oft als löchrig erweist."

„Aber warum sollte ich Kevin ermorden? Wir sind noch nicht mal ein Jahr verheiratet. Klar, manchmal hat er mich in dieser Zeit schon genervt. Ich vermutlich ihn auch. Aber deshalb bringt man einen doch nicht gleich um."

Casandra schwieg. Es hatte schon Tote in der Hochzeitsnacht gegeben. Sie selbst wusste ja auch nicht, wer Kevin umgebracht hatte und warum.

„Du sagst gar nichts, Casandra. Verdächtigst du mich etwa auch?"

„Marion, red keinen Unsinn! Ich habe dich nicht eine Sekunde verdächtigt. Ich hatte zwar Bedenken, ob Kevin der richtige Mann für dich sei, aber ich habe nie ein Wort darüber zu dir gesagt."

„Das ist richtig, aber deinen Vorbehalt habe ich schon gefühlt – und er auch. Und wie geht es jetzt weiter?"

„Wie gesagt, Marion, ich bin an den Ermittlungen nicht beteiligt. Normalerweise werden die endgültigen Ergebnisse der Spurensicherung und der Gerichtsmedizin abgewartet. Da gibt es vielleicht konkrete Hinweise auf den Täter. Dann wird das ganze Umfeld des Toten untersucht, sein privates, sein berufliches."

„Deine Kollegen sagten, ich dürfe Freiburg vorerst nicht verlassen."

„Das werden sie allen sagen, die näher mit Kevin zu tun hatten. Das gilt auch für mich. Hör zu, Marion, ich kehre jetzt ins Polizeipräsidium zurück. Du kannst mich aber jederzeit anrufen."

Da klingelte Marions Handy. Ihr Vater rief sie an und

fragte, ob Casandra noch bei ihr sei.

„Ja, Papa, aber sie will in diesem Moment aufbrechen. Ich gebe sie dir mal."

Casandra hatte keinerlei Neigung, mit ihrem Schwager zu sprechen, aber sie konnte sich jetzt schlecht verweigern.

„Hallo, Friedrich, ja eine Katastrophe. Nein, ich habe mit den Ermittlungen gar nichts zu tun. Ich weiß keinerlei Details. Ich bin außen vor, gehöre ja zur Familie. Wurde selbst befragt. Wie schon erwähnt, ich kann gar nichts sagen, nur bestätigen, dass Kevin tot ist. Ja, seine Leiche habe ich identifiziert. Sprich mit meinen Kollegen, die in dem Fall ermitteln! Und kümmere dich um deine Tochter! Sie braucht Beistand in dieser Katastrophe. Tschüss."

Dann verabschiedete sie sich von Marion.

„Ich bin jederzeit für dich da. Tag und Nacht. Hab' keine Bedenken, mich anzurufen, zu mir zu kommen!"

11.

Casandra setzte sich ins Auto, die Stimme Friedrichs noch im Ohr. Wenn sie bedachte, dass er sich anfangs noch um sie bemüht hatte, bevor er auf ihre Schwester umschwenkte. Beide Schwestern galten als Schönheiten, doch war Anna die lichtere Gestalt.

Casandras galt als die strengere, die schwarzhaarige mit der klassischen griechischen Nase. Ihr war es nicht unlieb gewesen, dass Friedrich dann Anna den Hof machte. Sonst hätte sie ihm einen Korb geben müssen. Mit dem millionenschweren Baulöwen verband sie aber auch gar nichts.

Was wohl ihren Schwager und seinen Schwiegersohn verband, verbunden hatte? Kevin hatte ein Masterpraktikum in dessen Firma gemacht und offenbar einen guten Eindruck hinterlassen, so dass er dort fest angestellt wurde. Und zwei Jahre später heiratete er dann die Tochter des Firmenbesitzers und Geschäftsführers. Zur Zufriedenheit Friedrichs? Aber der hatte seine Tochter bezüglich der Firma nie ernst genommen, vor allem, als sie dann mit einem Germanistik- und Anglistikstudium begonnen hatte.

Das bringt jetzt alles nichts, dachte Casandra, als sie den Wagen beim Polizeipräsidium parkte. Sie fuhr mit dem Aufzug zu den Büroräumen hoch und sah oben, wie sich Sondermann und Weiling angeregt unterhielten.

„Lasst euch nicht stören!", rief sie ihnen zu und wollte in ihr Büro weitergehen.

Doch Sondermann trat zu ihr heraus und bat sie für einen Augenblick einzutreten. „Wir wissen, dass du nichts mit dem Fall zu tun hast. Aber du hast als Familienmitglied Insiderwissen, das wir nicht haben.

Wärst du bereit, inoffiziell natürlich, ein wenig mit-
zumachen? Wir halten dich auf dem Laufenden.
Petra und ich...ich meine wir...ich".

Er geriet ins Stottern, so dass Weiling in Lachen aus-
brach und sich Casandra ein Lächeln nicht verkneifen konnte.

„Hört zu, ihr beiden! Ihr wisst, dass ich diesen
Kevin aufs Verrecken nicht ertragen habe. Sorry,
das ist natürlich eine unpassende Redewendung. Ihr
wisst, was ich meine. Und ich liebe meine Nichte
über alles. Von diesen Handicaps abgesehen, helfe
ich euch natürlich gern. Dann setzt mich mal in
Kenntnis über den Stand der Ermittlungen!"

„Das gerichtsmedizinische Gutachten ist gerade
reingekommen. Todeszeitpunkt zwischen 21 und
23 Uhr gestern Abend. Todesursache ist ein Schlag
auf den Hinterkopf mit einem stumpfen Gegenstand.
Keine Abwehrspuren. Die Spusi hat die Vermutung
bestätigt, dass Steinschlag auf dem Weg erschlagen
und dann einfach die Böschung runter gestoßen
wurde. Es fanden sich oben Blutspuren und Spuren
eines Fahrrads", führte Sondermann aus. „Offensichtlich wurde er dort überfallen und ausgeraubt.
Und das Fahrrad wurde geklaut. Sieht alles nach
einem Raubmord aus."

„Oder jemand will es danach aussehen lassen", über-
nahm Weiling den Faden, „Es wurde anscheinend

kein Versuch gemacht, die Leiche im Gebüsch oder anderswo zu verstecken. Der oder die Täter mussten damit rechnen, dass der erste morgendliche Passant die Leiche beim Vorbeifahren entdecken würde. So war es ja dann auch."

„Nach den Worten deiner Nichte war der Weg an der Dreisam entlang der, den ihr Mann fast täglich zum Büro und vom Büro nach Hause gefahren war", nahm Sondermann wieder den Faden auf: „Die Wohnung ist nur etwa einen Kilometer vom Fundort entfernt. Wir müssen wohl einen Durchsuchungsbeschluss beantragen. Ich setze mal voraus, dass wir die noch fehlende Tatwaffe dort nicht finden. Dann wäre deine Nichte schon mal aus dem Schneider."

Casandra musste schlucken, doch Weiling sprang ein:

„Also, Max, das ist zu wenig für eine offizielle Wohnungsdurchsuchung, nur weil die Frau des Verstorbenen in relativer Nähe wohnt. Abgesehen davon, dass auch die Arbeitsstätte des Toten nicht viel weiter entfernt ist. Und da wurde er nach bisherigen Erkenntnissen zuletzt gesehen. Wir brauchen mehr Indizien auf den Täter oder die Täterin, um eine Anordnung für eine Wohnungsdurchsuchung zu bekommen. Was meinst du, Casandra?"

„Ja, finde ich auch. Die bisherigen Ermittlungsergebnisse sind zu mager. Was ist mit DNA-Spuren am

Toten?"

„Von seiner Frau, was ja zu erwarten war, und drei weiteren Personen", sagte Sondermann. Aber die Drei sind nicht in der Datenbank. Der Schwiegervater und Arbeitgeber wurde noch nicht vernommen, die Eltern des Toten auch nicht. Was wissen wir von Freunden, Freundinnen? Da gibt es noch viel Arbeit."

„Was ist eigentlich mit meinem Schwager?"

„Der will in zwei Stunden hier antanzen", sagte Sondermann. „Ich hatte am Telefon den Eindruck, dass er nicht in seinem Büro vernommen werden will. Aber da werden wir auf jeden Fall noch weiter ermitteln. Ist doch klar. Übrigens fehlt von dem Fahrrad jede Spur. Steinschlag war am Morgen mit dem Fahrrad in die Firma gefahren."

„Sein Wagen steht in der Garage", sagte Weiling. „Nach Aussage der Witwe ist er sehr oft mit seinem Fahrrad zur Arbeit gefahren, um sein ‚ökologisches Bewusstsein' zu demonstrieren. O-Ton deiner Nichte. Bei den Fahrradständern der Firma wurde sein Fahrrad nicht gefunden. Die Täter haben das Fahrrad wohl mitgenommen. Am einfachsten wäre es für sie, das Fahrrad an irgendeiner Straßenecke unabgeschlossen stehen zu lassen. Dann hätte es inzwischen sicherlich irgendwer geklaut. Frau Steinschlag hatte ein Foto von dem Fahrrad samt Ehemann. Ob das groß weiter hilft, ist eine andere Frage. Damit müssen wir wohl an die Öffentlichkeit. Vielleicht hat irgendwer ja was bemerkt."

Zwei Stunden später erschien Friedrich Maier, wie Casandra durch die Glastür ihres Büroraums bemerkte. Da er sie anblickte, nickte sie ihm kurz zu. Das war es aber.

„Setzen Sie sich bitte, Herr Maier. Einen Kaffee? Nein. Gut. Ich bin Kriminaloberkommissar Sondermann, das ist meine Kollegin Kriminalkommissarin Weiling."
„Hätte ich meinen Rechtsanwalt mitbringen sollen?"
„Das ist Ihre Entscheidung, Herr Maier. Wir vernehmen Sie wie alle Familienangehörigen im Zusammenhang mit dem Tod Ihres Schwiegersohnes. In Ihrem Falle befragen wir natürlich auch den Arbeitgeber über den Mitarbeiter Kevin Steinschlag."
„Ok, ok. Legen Sie los! Meine Zeit ist kostbar."
„Wann haben Sie Kevin Steinschlag zuletzt gesehen?"
„Das war gestern Abend. So um 21 Uhr. Wir hatten, wie so oft Überstunden gemacht. Mein Schwiegersohn hat mir in seinem Arbeitseifer nicht nachgestanden."
„Und dann?"
„Später verabschiedeten wir uns und fuhren nach Hause. Also ich fuhr nach Hause und nahm an, dass

er in Kürze auch fahren würde.“

„Wann waren Sie zu Hause?“

„Na so eine Viertelstunde später, also gegen 21.15 Uhr.“

„Kann das jemand bestätigen?“

„Ja, Gerlinde Morgen. Meine Lebensgefährtin. Wir haben zusammen gegessen und anschließend Musik gehört. So gegen Mitternacht gingen wir zu Bett.“

„Diesen gemeinsamen Abend kann Frau Morgen bestätigen, wenn wir danach fragen?“

„Klar.“

„Zurück zum Büro. Sie gingen vor Kevin Steinschlag nach Hause. War das üblich?“

„Üblich nicht, aber es kam vor. Er war sehr eifrig. Ich werde seine Mitarbeit vermissen. Abgesehen natürlich davon, dass meine Tochter ihren Mann verloren hat.“

„Und Sie Ihren Schwiegersohn.“

„Ja, natürlich. Aber privat hatten wir keinen großen Kontakt. Er und meine Tochter...junge Leute, die andere Freizeitbeschäftigungen haben.“

„Aber beruflich waren Sie mit ihm zufrieden?“

„Sehr. Er hätte einmal mein Nachfolger werden können. Familienmitglied war er ja bereits.“

„Hatten Sie in der letzten Zeit den Eindruck, dass er Probleme habe, dass etwas nicht so lief wie üblich?“

„Nein, mir ist da nichts aufgefallen?“

„Gab es irgendwelche Differenzen mit Mitarbeitern in der Firma?"

„Nicht dass ich wüsste."

„Hatte er Feinde?"

„Nicht dass ich wüsste? War es das?"

„Ja, Herr Maier, das war es für den Augenblick. Wir würden gerne eine DNA-Probe von Ihnen nehmen. Reine Routine. Wir werden morgen in die Geschäftsräume kommen, um mit Mitarbeitern und Kollegen des Toten zu sprechen."

„Verstehe. Aber bringen Sie bitte nicht unser Geschäft durcheinander! Auf Wiedersehen. Entschuldigen Sie, ich habe ganz die Speichelprobe vergessen."

Auf dem Weg nach draußen, kam Maier wieder am Büroraum seiner Schwägerin vorbei, klopfte kurz an die Tür, streckte den Kopf hinein und sagte:

„Hallo, Casandra. Vielleicht sollten wir mal mit einander reden. Schon wegen Marion."

„Ja, Friedrich. Aber nicht hier."

„Heute Abend? So um 21 Uhr bei mir? Nach dem Abendessen. Das würde ja wohl nicht so passen, das Abendessen."

„Gut, Friedrich, bis dann. Aber vergiss nicht: Ich bin an den Ermittlungen nicht beteiligt. Ich bin selbst befragt worden."

„Ok, ok. Bis heute Abend also."

Casandra atmete tief durch. Das musste wohl sein.

Sie konnte das ihrem Schwager schlecht abschlagen. Gut, dass er auf ein gemeinsames Abendessen mit ihm und möglicherweise Gerlinde verzichtete.

12.

Casandra hatte unterwegs bei einer Pizzeria Halt gemacht und ein Pastagericht und einen Salat gegessen. Als sie pünktlich um 21 Uhr bei ihrem Schwager eintraf, öffnete der ihr die Haustür mit einer Flasche Wein in der linken Hand.

„Hallo Casandra. Ich war gerade dabei, eine gute Flasche zu öffnen."

„Guten Abend, Friedrich. Für mich bitte nur ein Glas Wasser. Wenn ich Auto fahre, trinke ich keinen Tropfen Alkohol, wie du weißt."

„Du hast ja Recht, Casandra. Geh schon mal ins Wohnzimmer. Ich hol dir ein Glas Wasser. Gerlinde ist übrigens oben und sieht fern. Deine Kollegen haben sich von ihr mein Alibi bestätigen lassen", rief er aus der Küche, aus der er mit dem Glas Wasser zurückkehrte.

„Nimm Platz! Ich genehmige mir aber ein Glas Wein. Ein toller Grauburgunder, falls du doch einen Schluck probieren willst. Aber kommen wir zur Sache. Ich verkneife mir natürlich, dich nach dem Stand der Ermittlungen zu fragen. Ja, ja, du hast ja gesagt, dass du dabei nicht involviert bist. Ich will in erster Linie mit dir über Marion sprechen. Du kennst sie ja letztlich intimer als ich, sozusagen als ihre Ersatzmutter. Ich wollte von dir wissen, wann ich mehr die sachlichen Probleme mit ihr besprechen kann. Die Beerdigungsangelegenheiten werden wohl Kevins Eltern mit Marion übernehmen. Wobei ich natürlich bereit bin, die finanzielle Seite zu tragen."

Casandra hatte bisher schweigend zugehört und noch nicht erraten, um was es in ihrem Gespräch eigentlich gehen solle. Bevor sie nachfragen konnte, fuhr er fort. „Also, ich meine, Marion braucht sich keinerlei Gedanken über ihre finanzielle Situation zu machen. Die Wohnung hatte ich ihr ja zur Hochzeit geschenkt. Ich weiß nicht, ob Kevin eine Lebensversicherung abgeschlossen hat. Aber sie hatte beim Tod von ihrer Mutter, beim Tod von Anna schon einiges geerbt. Vielleicht kannst du ihr bei passender Gelegenheit mitteilen, dass ich sie zusätzlich unterstützen kann, wenn nötig. Sie kann mich da jederzeit ansprechen."
Casandra hatte schweigend zugehört und hörte noch eine Viertelstunde zu, ohne ein Wort zu verlieren. Sie kam sich als Geschäftspartnerin vor. Eine Rolle, mit der sie nichts anfangen konnte. Selbstverständlich

würde sie bei Gelegenheit mit Marion darüber sprechen. Sie verzichtete darauf, ihn daran zu erinnern, dass er Marions Vater sei und etwas Persönlicheres angesichts dieses Todesfalles angebracht wäre. Aber warum Worte verschwenden? Sie verabschiedete sich und richtete im Gehen einen Gruß an Gerlinde aus.

„Übrigens", sagte Heinrich an der Haustür bei der Verabschiedung, „die Polizei hat heute den Betrieb in der Firma ziemlich durcheinander gebracht. Eigentlich wollten sie doch erst morgen kommen. Selbst die Putzfrauen wurden befragt. Ich hoffe, dass das alles bald ein Ende hat und wir in Ruhe arbeiten können."

Mehr als ein „Tschüss" brachte Casandra zum Abschied nicht über die Lippen. Auf der Heimfahrt kam ihr in Sinn, dass sie ihm gegenüber bisher nicht ihr Beileid für den Tod seines Schwiegersohnes ausgesprochen hatte. Aber vermutlich wäre so etwas von ihm gar nicht registriert worden. Geschäftlich uninteressant.

Zu Hause war verschiedentlich angerufen worden, wie der Anrufbeantworter aufzeigte. Die Nummer sagte ihr nichts. Zuletzt hatte Marion von ihrem Mobiltelefon angerufen. Es war erst kurz nach 22 Uhr, so dass Casandra zurückrief.

„Hallo, Tante Casandra. Wir haben vergeblich versucht, dich anzurufen."

„Hallo, Marion, wer ist wir? Ich hatte mein Handy abgeschaltet."

„Die Eltern von Kevin. Sie sind zurückgekehrt, und ich bin bei ihnen in Gundelfingen. Ich gebe mal an Otto weiter, der dich dringend sprechen möchte."

„Hallo, Casandra, hier ist Otto. Du kannst dir vorstellen, dass Else und ich am Boden zerstört sind. Unser lieber Junge, der junge Ehemann, der aufstrebende Geschäftsmann so grausam aus dem Leben gerissen. Wie konnte das nur geschehen? Was für eine Tragödie! Was für eine Ungerechtigkeit des Lebens! Wer ist für dieses abscheuliche Verbrechen, für diesen Mord verantwortlich? Wer nur?"

„Hallo Otto, mein herzliches Beileid dir und Else. Über die Tat selbst kann ich dir nichts sagen. Ob es sich um einen Mord oder einen Totschlag handelt, muss erst noch geklärt werden. Marion hat euch sicherlich erzählt, dass ich mit den Ermittlungen nichts zu tun habe. Ich darf gar nicht ermitteln. Aber ich bin sicher, dass meine Kollegen mit allen ihren Kräften daran sind, den Todesfall zu klären."

„Wir wollen unseren toten Jungen sehen. Und wann kann die Beerdigung stattfinden?"

„Sicher könnt ihr den Leichnam Kevins sehen. Ruft morgen früh bei meinen Kollegen an und lasst euch einen Termin in der Gerichtsmedizin geben. Wann die Beerdigung stattfinden kann, weiß ich nicht.

Sobald die gerichtsmedizinischen Untersuchungen abgeschlossen sind, steht aber einer Bestattung nichts im Wege. Kannst du mir bitte Else reichen", sagte Casandra, um das Gespräch nicht uferlos werden zu lassen. Sie richtete der Mutter Kevins ihr Beileid aus, ließ sich Marion geben und wiederholte, für sie jederzeit dazusein. Das Gespräch mit deren Vater erwähnte sie nicht. Das hatte wirklich Zeit.

13.

Kevin hatte keine Lebensversicherung abgeschlossen, von welcher seine Witwe hätte profitieren können, wie Casandra von ihren Kollegen erfuhr. Das jedenfalls war kein mögliches Motiv. Wer nur hatte eines, Steinschlag zu töten?

Die Kollegen hatten ihre Chefin gebeten, bei einem Brainstorming dabei zu sein. Inoffiziell natürlich. Und man erwarte auch nicht, dass sie sich zu dem Fall äußere. Aber ihre Anwesenheit sei einfach ein Ansporn, noch kritischer vorzugehen, und nichts, aber auch gar nichts außer Acht zu lassen.

„Also, ich kann mir nicht vorstellen, dass die Ehefrau die Täterin ist", sagte Weiling. Ich kann mir einfach nicht vorstellen, dass sie am Abend an der Dreisam darauf wartet, dass er irgendwann mit dem Fahrrad vorbeifährt. "

„Allein hätte sie das sicher nicht hingekriegt. Aber wenn sie nicht allein war", warf Sondermann ein. „Allerdings haben wir keinerlei Hinweise, ob es mehrere Täter gewesen sind. Wir wissen ja nicht einmal, ob es sich um Mord oder Totschlag handelt."

„Und wenn es sich gar nicht um ein Familiendrama dreht?", warf Weitling ein. „Wir müssen das berufliche Umfeld intensiver beackern. Noch gar nichts wissen wir über mögliche Freunde oder Feinde. Aber darüber können uns ja vielleicht auch seine Eltern etwas sagen. Die sollten übrigens demnächst hier eintreffen. Anschließend gehe ich mit ihnen in die Gerichtsmedizin."

„Einfach weiter so", sagte Casandra zu ihnen. „Irgendwann wird schon ein nützlicher Hinweis auftauchen. Ich gehe dann mal in die Kantine, denn es ist besser, dass Kevins Eltern mich hier erst gar nicht sehen. Ich hatte ihnen zwar gesagt, dass ich nicht ermittle, aber...."

Sie beendete den Satz nicht und schritt schnell zum Aufzug. Die zwei Kollegen würden ihr schon noch stecken, ob die Eltern des Toten irgend etwas Hilfreiches zur Klärung des Falls beitragen konnten oder nicht.

14.

Casandra war nicht sehr konzentriert beim Schachspiel mit Herbert Kluwann und ließ ihre Dame stehen.

„Entschuldige, Herbert, dass ich heute so eine schlechte Schachpartnerin bin. Aber die Familienbande in diesem vertrackten Todesfall lassen mich nicht los. Und diese Rolle als Zaungast der Ermittlungen meiner Kollegen ist wirklich ungewohnt."

„Casandra, dass du nicht konzentriert beim Spielen bist, ist mehr als verständlich. Lassen wir das Schachspielen für heute Abend! Leeren wir lieber diese Flasche Wein zusammen. Wie du weißt, beschäftigt mich deine Sehergabe, ich sage das mal so, seitdem du vor Jahren zum ersten Mal mit mir darüber gesprochen hast. Ich bezeichne das ja lieber als ,sechsten Sinn' einer hochbegabten Kriminalistin. Will sagen, einer Person, die oft intuitiv Zusammenhänge sieht, Menschen einschätzen kann und so Kommendes ahnt."

Sie seufzte, leerte ihr Glas und meinte:

„Wenn es nur das wäre. Als mir damals Marion ihren neuen Freund Kevin vorstellte, das war vor der offiziellen Verlobung, hatte ich ja nicht nur ein mulmiges Gefühl, wie es in einer solchen Situation auch andere haben könnten. Also den Eindruck: Die beiden passen eigentlich nicht zusammen. Das kann nicht gut gehen. Nein, in mir wuchs die Gewissheit einer kommenden Katastrophe. Ohne dass ich da Konkretes geahnt hätte. Ich war vom gewaltsamen Tode Kevins völlig überrascht. Und erleichtert. Ich weiß, das das herzlos klingt. Ich hatte einfach immer um meine Nichte gebangt."

Herbert schenkte nach und sagte:

„Es ist eine besondere Begabung, die du hast, erwünscht oder unerwünscht. Du kannst nicht anders, als mit deinem ‚sechsten Sinn' zu leben. Machen wir eine zweite Flasche auf."

15.

Wieder saß Casandra in der Kirche in Gundelfingen, ein knappes Jahr nach der Hochzeit. Jetzt stand dort vorn der Sarg mit dem toten Kevin. Vor ihr saßen die in Tränen aufgelösten Eltern. Neben ihnen Marion und ihr Vater. Die Kirche war ziemlich voll, Verwandte, Bekannte und offenbar auch viele Gemeindemitglieder. Kevins Eltern waren, wie ihr Marion erklärt hatte, seit Jahren in der Gemeinde ehrenamtlich tätig. Beim Betreten der Kirche hatte Casandra ihre beiden Kollegen erkannt und ihnen zugenickt. Man war ja nie sicher, ob nicht doch einmal ein Täter bei der Todesfeier und Beerdigung seines Opfers auftauchen würde. Casandra war es in ihren vielen Dienstjahren allerdings noch nie vorgekommen. Zumindest nicht nachweislich.

Nach der langen salbungsvollen Predigt der Pastorin und Würdigung des Musterknabens Kevin ging es mit dem Sarg zum nahen Friedhof. Nochmals Worte der Pastorin. Anschließend zogen ein Großteil der Trauergäste zu einem Café in der Nähe, wo es Butterbrezeln und Kaffee gab. Wie Marion ihrer Tante erzählt hatte, habe Friedrich wieder wie bei der Hochzeit teuer einladen wollen. Doch die Eltern Kevins hätten darauf bestanden, dass sie diesmal selbst die Sache übernehmen würden, und zwar in bescheidenem Rahmen, wie das in ihrer Familie immer üblich gewesen sei.

Nach einer Butterbrezel und einer Tasse Kaffee verabschiedete sich Casandra unter erneuten Beileidsbekundungen und umarmte Marion. Ihren Schwager sah sie nicht. Vielleicht hatte der sich schon abgesetzt.

Zurück im Büro traf sie dort die beiden Kollegen an. Die schüttelten auf ihren fragenden Blick jeweils nur den Kopf.

„Mir ist auch nichts Besonderes aufgefallen. Hatte die Befragung der Eltern irgend einen Hinweis ergeben?"

„Nein", sagte Weiling, „sie hatten nur lobende Worte für den frommen Chorknaben. Wie er immer ein mustergültiger Sohn gewesen, ein hochintelligenter Schüler und Student und sicher auch der beste Ehemann, den sich eine Frau habe wünschen können. Und so weiter und so weiter. Ah, und natürlich habe er seine berufliche Karriere nur seinen außergewöhnlichen Fähigkeiten zu verdanken gehabt und nicht der Tatsache, dass er der Schwiegersohn des Firmenchefs gewesen sei. Alles in allem nichts Verwertbares für den Fall."

„Na ja, Petra, vielleicht ist dieser Gesamteindruck ja aufschlussreich. Könnte dieser Engel auf Erden nicht auch einen Schatten haben? Mir ist schon verdächtig, dass es auch gar nichts Negatives gibt. Selbst wenn niemand schlecht über einen Toten reden will."

„Aber in der Firma hatten wir doch einige etwas kritische Bemerkungen seitens der Mitarbeiter herausgehört. Dass Steinschlag vor Ehrgeiz überschäumte, sich für den Besten hielt, gegenüber seinem Schwiegervater buckelte und nach unten wenig rücksichtsvoll war. Erinnerst du dich an die ausländische Putzfrau, die diplomatisch sagte, dieser Juniorchef sei kein Gentleman gewesen. Er habe sie und ihre Kolleginnen nur als Teil des Büroinventars wahrgenommen."

„Tut mir Leid", sagte Casandra, „aber ich kannte ihn

praktisch gar nicht. Ich muss gestehen, dass ich mit ihm gar nichts anfangen konnte. Also, ganz inoffiziell, ich fand ihn bei den wenigen Malen, wo ich ihn traf und sprach, unausstehlich. Von einer versteckten Gefährlichkeit fast. Nein, nein, das ist Unsinn. Er war mir einfach unsympathisch. Gut möglich, dass ich ihm Unrecht getan habe in meiner Einschätzung. Macht einfach weiter eure Arbeit! Mehr als ihr könnte ich auch nicht machen."

„Ah", rief Sondermann, „eine der drei unbekannten DNA-Spuren ist identifiziert. Es handelt sich um seinen Schwiegervater. Was auch nicht eben verwunderlich ist, arbeiteten sie doch eng beruflich zusammen. Begrüßten sich sicherlich per Handschlag. Bleiben die zwei anderen unbekannten Personen."

16.

Eine uniformierte Polizistin führte eine junge Frau zum Büro von Kriminalhauptkommissarin Deggenforst und sagte:

„Die Dame sagt, sie sei ihre Nichte und müsse sie sprechen."

„Das ist sie. Danke. Komm rein, Marion!"

Die beiden umarmten sich kurz und Casandra sah sie fragend an.

„Ich hoffe, dass ich nicht störe. Aber das ist vielleicht wichtig für eure Ermittlungen", sagte Marion und reichte Casandra einen großen, dicken Umschlag.

„Was ist das?"

„Vorhin war meine Freundin Monika bei mir. Vielleicht erinnerst du dich an sie. Sie war Trauzeugin bei der Hochzeit."

„Ja, und?"

„Also, sie kam gestern von einem dreiwöchigen Urlaub zurück. Sie hatte ihr Handy einfach ausgeschaltet und erfuhr erst jetzt vom Tod Kevins. Natürlich war sie geschockt. Heute Morgen kam sie zu mir und brachte mir diesen Umschlag. Den hatte ihr Kevin kurz vor ihrer Abreise zur Aufbewahrung gebracht. Das war der Tag, an dem Kevin getötet worden war."

„Ist das sicher, Marion?"

„So hat sie erzählt. Wenige Stunden später fuhr sie mit ihrem Freund los zum Flughafen Frankfurt und flog von dort aus nach Thailand."

„Ok, Marion, komm mit zu meinen Kollegen, die im Todesfall Kevin ermitteln."

Casandra ging mit ihr ins Nachbarbüro, wo Sonderburg und Weiland erstaunt von ihren Schreibtischen aufblickten. Sie erläuterte kurz die Situation und sagte zu Marion, sie könne ja nochmal bei ihr hereinschauen, wenn sie fertig wären.

Eine Viertelstunde später kam Marion zu Casandra zurück und sagte, die beiden Kommissare seien ganz aufgeregt gewesen, als sie ihnen alles erzählt hatte und hätten sich Adresse und Telefonnummer von Monika geben lassen.

„Finde schon komisch, dass Kevin ihr diesen Umschlag gebracht hatte. Aber er sagte Monika, dass die Unterlagen darin sehr wichtig seien, und bei ihr nie vermutet würden. Und dann habe er Andeutungen gemacht, dass er heute Abend die Bombe explodieren lassen würde. Oder so etwas Ähnliches. Weißt du, was das alles bedeuten soll, Tante?"

„Nein, ich weiß ja auch nicht, was in dem Umschlag enthalten ist. Hast du noch Zeit für einen Kaffee?"

Doch Marion hatte einen Termin bei einem ihrer Professoren und verabschiedete sich.

Casandra platzte vor Neugier und konnte es sich nicht verkneifen, bei den Kollegen hineinzuschauen, die aufgeregt auf Fotokopien schauten, die in dem Umschlag gesteckt hatten.

„Das ist eine Bombe", rief Sondermann ihr zu. „Offenbar hat Steinschlag Kopien von Geschäftsunterlagen Maiers gemacht. Möglicherweise von dubiosen Geschäften. Ich werde mit dem Material gleich zu den Kollegen der Wirtschaftskriminalität gehen. Das könnte ein entscheidender Schritt in unseren Ermittlungen bedeuten."

„Und ich fahr' gleich los zu dieser Monika Obermüller", sagte Weiling. „Was Ihre Nichte erzählt hat, brauchen wir natürlich im Originalton."

„Na, dann viel Erfolg!", meinte Casandra und ging zu ihrem Schreibtisch zurück. Sie konnte die Aufgeregtheit der Kollegen nachempfinden. Man stand möglicherweise an einem entscheidenden Punkt der Ermittlungen. Auch in ihr brodelte es. Sie wurde aber durch einen Anruf davon abgehalten, sich in Spekulationen zu verlieren. Es gab einen neuen Fall. Es handelte sich nach ersten Erkenntnissen der Polizei vor Ort um einen Selbstmord, aber das musste natürlich überprüft werden. Gerichtsmedizin und Spurensicherung seien schon alarmiert.

Als Casandra nach ein paar Stunden ins Büro zurückkehrte, erhob sich Weiling von ihrem Schreibtisch und kam zu ihr herüber.

„Unter uns: Dein Schwager ist mit seiner Firma offensichtlich in dubiose Geschäfte verwickelt. Davon sind die Kollegen der Wirtschaftskriminalität überzeugt. Auf diese Unterlagen hin erhielten sie auch prompt einen Durchsuchungsbeschluss für die Maierschen Büroräume. Ah, und diese Monika Obermüller hat wiederholt, was uns deine Nichte berichtet hatte. Sie, ich meine die Obermüller, war übrigens vor Jahren mit Kevin Steinschlag liiert gewesen. Aber das sei nicht gut gegangen. Er hätte sich mit der Zeit als unerträglicher Pedant und Besserwisser entpuppt. Aber man sei in losem Kontakt geblieben. Marion habe von der Sache gewusst. Es sei Jahre zuvor gewesen, bevor Marion Kevin kennengelernt habe. Nach ihren Worten hat Kevin keinen Freundeskreis besessen. Irgendwann hätten alle begriffen, was für ein mieser Typ der Kerl gewesen sei. Für kurze Zeit seien aber viele auf den Blender reingefallen, so wie sie und leider auch Marion. Sie habe damals Marion vor Kevin vergeblich gewarnt.

17.

Am frühen Abend wurde Friedrich Maier in Begleitung seines Anwalts in den Vernehmungsraum der Kriminalpolizei gebracht, wie Casandra von ihrem Büro aus sah. Weiling hatte ihr angedeutet, dass sie, inoffiziell natürlich, die Vernehmung von außerhalb mit verfolgen könne. Sondermann und Weiling saßen Maier gegenüber, der keinen bedrückten Eindruck machte. Sein Rechtsanwalt ergriff nach der formellen Feststellung der Personalien sofort das Wort:

„Ich protestiere aufs Schärfste gegen diese Vernehmung. Erst haben ihre Kollegen von der Wirtschaftskriminalität meinen Mandanten stundenlang in die

Mangel genommen, und jetzt kommen Sie noch mit der absurden Beschuldigung, Herr Maier stehe im Verdacht, seinen Schwiegersohn erschlagen zu haben. Dafür gibt es, wie die bisherigen Ermittlungen von Ihnen gezeigt haben, keinerlei Indizien."

„Herr Dr. Fischer, inzwischen gibt es ein ziemlich starkes Motiv. Wir wissen jetzt, dass der getötete Kevin Steinschlag eine Unzahl von Herrn Maier belastenden Unterlagen gesammelt hat und damit nach Aussagen einer Zeugin am Abend seines Todes anscheinend Herrn Maier konfrontieren wollte. Und Erpressung ist nun wirklich eine starkes Motiv."

„Woher wollen Sie wissen, dass der Tote meinen Mandanten an diesem Abend erpresst hat?"

„Das kann man von mir erfahren?", sagte ungefragt Maier. Er hatte mit halb gesenkten Kopf dagesessen, hob diesen ruckartig und stand halb auf.

Das war nun wirklich ein überraschender Schritt. Die Kommissare, der Anwalt und Casandra hinter der Scheibe fuhren auf. Der Anwalt versuchte, auf seinen Mandanten einzureden, doch der winkte ab und fuhr fort:

„Mein Schwiegersohn, ein schöner Schwiegersohn, der seinen Schwiegervater und beruflichen Förderer so hintergeht, Kevin also hat mich mit diesem Material wirklich zu erpressen versucht."

„Warum haben Sie uns das damals bei der ersten

Befragung nach dem Tod von Kevin Steinschlag nicht gesagt?", fuhr Sondermann dazwischen.

„Ich wollte keine Familiengeschichten ausplaudern. Es ist ja wirklich eine miese Sache, wenn der Mann, dem ich meine geliebte Tochter zur Frau gegeben habe, wenn mein eigener Schwiegersohn sich so gemein, so unfamiliär verhält. Darüber hält man außerhalb der Familie den Mund."

„Herr Maier, hier handelt es sich doch nicht um ein Gesellschaftsspiel. Es geht um ein Kapitalverbrechen."

„Ja, ja. Sie haben ja Recht. Aber damals überwogen bei mir eben die Familienbande, meine Rücksicht gegenüber meiner Tochter. Der wollte ich nichts von dieser Erpressung erzählen."

„Zurück zu diesem Abend, Herr Maier. Ihr Schwiegersohn versuchte also, Sie zu erpressen. Wie reagierten Sie?"

„Ich lachte ihn aus. Das kleine Würmchen wollte mich erpressen. Mich! Als ließe sich ein Friedrich Maier erpressen. Lächerlich, einfach lächerlich. Ich machte ihm klar, dass im Baugeschäft heutzutage und vielleicht schon immer öfters am Rande der Illegalität operiert wurde und wird. Operiert werden muss. Sonst bekommt man nicht den Fuß auf den Boden. Mir war immer klar, dass ich irgendwann Ordnungsstrafen bekomme oder vor Gericht stehe. Mit einer Bewährungsstrafe musste ich als nicht Vorbestrafter immer rechnen. Aber ich habe die Verantwortung für mehrere hundert Mitarbeiter und Mitarbeiterinnen. Denen muss ich den Arbeitsplatz doch erhalten."

„Mir kommen die Tränen, Herr Maier. Zurück zum Tatabend. Wie reagierte Ihr Schwiegersohn?"

„Das kleine Licht war fassungslos. Mit so einer Reaktion hatte er nicht gerechnet. Er hatte tatsächlich erwartet, ich ginge auf seine Forderungen ein."

„Und die waren?"

„Er wollte zum Prokuristen ernannt werden – mit verdoppeltem Gehalt. Verrückt, einfach verrückt, der miese Kerl."

„Und weiter, Herr Maier?"

„Nichts weiter! Ich sagte ihm, dass ich ihm kündigen werde. Aus Rücksicht auf meine Tochter und um überflüssiges Geschwätz zu vermeiden, ordnungsgemäß und nicht fristlos. Aber mit sofortiger Beurlaubung."

„Und weiter?"

„Nichts weiter. Ich drehte ihm den Rücken zu, ging aus dem Büro und fuhr nach Hause."

„Und Sie haben, Herr Maier, keine Ahnung, was dann ihr Schwiegersohn gemacht hat?"

„Nein."

Anwalt Fischer, der während der Vernehmung ständig die Augen verdrehte, griff jetzt ein:

„Ich denke, damit ist die Sachlage geklärt. Es gibt keinerlei Gründe mehr, meinen Mandanten hier festzuhalten. Kommen Sie, Herr Maier, wir gehen jetzt!“ Sondermann machte nur eine Handbewegung, dass das in Ordnung sei. Sie sahen, dass der Anwalt auf dem Weg nach draußen erregt auf seinen Mandanten einredete. Der winkte nur ab.

Sondermann und Weiling baten ihre Kollegin, sich zu ihnen zu setzen. Alle drei sahen sich eine Zeitlang stumm an. Dann brach es aus Weiling heraus:

„Was für ein Kerl, dieser Maier. Warum nur hat er die versuchte Erpressung so einfach zugegeben? Es war doch nur eine Vermutung von uns. Ohne jede Möglichkeit, das zu beweisen.“

„Vielleicht war das einfach ein raffinierter Schachzug meines Schwagers“, meinte Casandra. „Vor Gericht wäre das ein Positivum für ihn, ein Zeichen, dass er freiwillig mit der Polizei kooperiert. Dass er ein raffinierter Geschäftsmann ist, das wusste ich schon immer. Wirklich clever, dieser Schachzug. Selbst sein Anwalt war überrascht. Vielleicht hat der aber inzwischen kapiert, was da passiert ist.“

„Mist“, sagte Sondermann. „Ich war mir sicher, dass Maier mit dem Tod seines Schwiegersohn etwas zu tun hat. Ob jetzt direkt oder mit Hilfe von

Handlangern. Aber wir können nichts, aber auch gar nichts beweisen. Vielleicht sollten wir Maiers Bürozimmer auf Blutspuren untersuchen lassen. Aber ich bezweifle, dass da was zu finden ist."

„Tja, Kollege, Kollegin, wir können nur darauf warten, dass Kommissar Zufall irgendwann einmal etwas zu Tage fördert. Vielleicht einen Mitwisser. Aber wir können ja wirklich nicht ausschließen, dass Steinschlag einfach das Opfer eines Raubüberfalls wurde. Vielleicht findet sich irgendwann in der Datenbank eine Übereinstimmung der bisher unbekannten DNA-Spuren mit einer Person. Die Realität ist: Mehr als das Wirtschaftsdelikt ist Friedrich Maier derzeit nicht nachzuweisen. Und davor hat mein Schwager offensichtlich keine große Furcht. Ich weiß, dass das frustrierend ist, so mit leeren Händen dazustehen. Aber für mich ist das nicht das erste Mal."

„Scheußlich frustrierend das alles", stöhnte Weiling.

„Casandra hat Recht: Wir dürfen nicht ausschließen, dass Steinschlag ein zufälliges Opfer geworden ist", warf Sondermann ein. Diese Spur haben wir, wenn auch verständlich, bisher nicht so richtig berücksichtigt. Wenn er auf der Heimfahrt mit seinem Fahrrad von völlig Fremden, Junkies oder wer weiß ich wem, überfallen und ausgeraubt wurde. Das dürfen wir nicht ausschließen."

18.

Zu Hause war Casandra dabei, sich Spaghetti mit Pesto zuzubereiten. Sie hatte überlegt, ob sie Max einladen sollte. Hatte es aber dann gelassen. Das Telefon klingelte. Marion war am anderen Ende. Sie war völlig aufgelöst. Gerade sei ihr Vater bei ihr gewesen und habe ihr erzählt, dass Kevin ihn habe erpressen wollen.

„Tante Casandra, kann ich zu dir kommen? Ich bin völlig erledigt."

Natürlich durfte sie. Eine Viertelstunde später stand sie vor der Wohnungstür, in Tränen aufgelöst. Beide umarmten sich lange.

„Ich könnte einen Schnaps vertragen", sagte Marion schließlich schluchzend.

„Wie wär es mit einem Ouzo?"

Casandra holte aus der Küche eine noch ziemlich volle Flasche und zwei Schnapsgläser, schenkte ein, beide stießen an und stürzten den Inhalt hinunter.

„Noch einen, Tante Casandra. Ich wusste gar nicht, dass du so etwas in deinem Haushalt hast."

„Die Flasche ist uralt. Hatte mir wer geschenkt in Anspielung auf mein griechisches Profil. Ich glaube, er hatte klassische Philologie studiert. Bis auf das damalige gemeinsame Ausprobieren hatte ich die Flasche nie mehr angerührt. Vielleicht war das ein Fehler."

„Tja, vielleicht hätten wir beide uns mehr unter Alkohol setzten sollen in unserem Leben. Ich bin noch jung und kann immer noch Säuferin werden. Ich weiß eh nicht weiter nach diesen Katastrophen. Ist es nicht schrecklich, dass die drei Männer in der engeren Familie so unmöglich sind? Mein Vater und mein Mann offensichtlich kriminell, mein Schwiegervater ein unerträglicher Besserwisser. Und diese Ungewissheit, ob Vater nicht doch in den Tod Kevins verwickelt ist. Nach dessen schäbigen Verhalten wäre das ja fast verständlich."

„Liebes, dafür gibt es keine Hinweise. Übrigens hat ihm Gerlinde Morgen ein Alibi für die mögliche Tatzeit gegeben."

„Ah, ja, die Verlobte!"

„Wie? Verlobt?"

„Wir sahen uns kürzlich zufällig in der Stadt und sie zeigte mir ihren teuren Verlobungsring. Es sei aber noch ein Geheimnis. Fritz und sie wollten angesichts dieser Tragödie mit Kevin noch nicht an die Öffentlichkeit gehen."

„Hast du eigentlich schon zu Abend gegessen? Nein, dann kommst du ja gerade recht. Ich war gerade dabei, Spaghetti ins Wasser zu werfen. 80 oder 100 Gramm für dich, Marion?"

Nach dem Abendessen saßen sie noch zusammen, die Flasche Ouzo dabei.

„Tante Casandra, darf ich heute Nacht hier bleiben. Nach allen diesen Nackenschlägen brauche ich jemanden. Ich will mich an dich kuscheln, wie damals öfters als Kind. Ich verstehe sie immer noch nicht, ich meine Kevin und Vater. Was für Männer!"

Sie sagte es mit einem Ton, als müsse sie ausspucken.

„Darf ich das Thema wechseln und dir einen Vorschlag machen?", fragte Casandra und fuhr fort, nachdem Marion genickt hatte.

„Wir sind beide vom Schicksal geschlagen. Du natürlich noch viel härter als ich. Aber, glaub mir, die stahlharte Kriminalistin ist auch betroffen. Wir beide brauchen eine Auszeit und einen anderen Himmel über uns."

„Mach es nicht so spannend, Tante Casandra!"

„Also, du nimmst dir ein Freisemester. Du hast verständlicherweise nicht den Kopf, so zu tun, als wäre nichts passiert, um einfach weiter zu studieren. Und ich nehme meinen Jahresurlaub und bummele endlich meine unzähligen Überstunden ab. Wir gehen zusammen für zwei Monate nach Griechenland. Da wo Vorfahren von uns herkommen und entfernte Verwandte von uns leben."

„Tolle Idee! Ich war zuletzt als Kind dort."

„Ich zuletzt vor vielen Jahren. Ich muss meine griechischen Sprachkenntnisse auffrischen, aber ich denke, in meinem Hinterkopf steckt noch allerhand."

„Und wann fliegen wir?“

„Ich schlage vor, mit dem Wagen zu fahren. Wir wollen da unten beweglich sein. Wir könnten nach Bari fahren und dann mit der Fähre Richtung Griechenland. Wie wäre es mit Sonntag als Starttag? Da sind keine Lastwagen unterwegs.“

„Gut, Tante Casandra. Wir fahren aber mit Kevins Luxuskarre. Er wollte mir diesen Schlitten nie anvertrauen. Warum sollen wir es nicht bequem haben? Am Ende unseres Aufenthalts lassen wir das Auto klauen und fliegen von Athen oder Saloniki zurück.“

Beide kicherten verschwörerisch und schenkten sich einen letzten Ouzo ein.

„Wir machen, Tante, eine richtige Rundreise auf dem Festland, besuchen einige der Inseln und chillen zwei Monate. Und wir suchen ein paar entfernt Verwandte heim. Das machen wir.“

„Auf jeden Fall müssen wir auch das antike Delphi besuchen.“

„Warum das?“

„Da war das Apollon-Heiligtum. Ich werde dort versuchen, das vermaledeite Göttergeschenk zurückzugeben.“

Marion sah fragend ihre Tante an.

„Das muss ich jetzt nicht verstehen, oder?“

„Nein, das musst du nicht. Ich verstehe es ja selbst nicht richtig. Vielleicht nur eine spielerische Geste.“

„Tante, du sprichst in Rätseln."

„Vergiss es! Einfach griechische Sonne und leben, leben, leben."

Marion lag schon im Bett.

„Ich komme gleich zu dir," sagte Casandra, „aber ich muss noch kurz Max von unseren Plänen erzählen."

„Sag ihm, dass ich gegen eine Stippvisite von ihm zu dir in Athen oder auf Rhodos nichts habe."

„Sehr gnädig von dir", sagte Casandra lachend. Und sie wusste, Felix würde auch lachen.

Ende

Sanfter Tod

1.

Kriminalhauptkommissarin Casandra Deggenforst hatte nach ihrer Rückkehr aus Griechenland für sich und ihren Kollegen und ihre Kollegin zum Abschluss ihres ersten Arbeitstags Pizza kommen lassen. Sie saßen am Montagabend im Konferenzraum. Dank Urlaubs und vieler Überstundentage hatte Casandra zwei Monate mit ihrer Nichte Marion verbracht. Die Chefin erzählte, wie sie das Land ihrer Vormütter und Vorväter heimgesucht hatten.

„Wie ist das mit deiner Nichte? Die ist noch in Athen?", fragte Max.

„Ja, für Marion ist Griechenland ein wahres Erweckungsereignis nach dem Tod ihres Mannes und dem kriminellen Verhalten ihres Vaters. Der Kontrast zu den bösen Vorkommnissen hier in Freiburg! Ich sag mal poetisch: Die Sonne Griechenlands und das blaue Meer, die liebe Aufnahme durch verschiedene Verwandte hat sie innerlich aufgerichtet."

„Sie will wirklich in Athen ihr Studium fortsetzen?", fragte Petra.

„Ja, und richtig Griechisch lernen. Ich glaube auch motiviert durch einen charmanten   Cousin, den wir bei unserer Griechenlandtour kennen lernten. Das einzige, was sie vermissen werde, meinte Marion, sei ihre Tante Casandra."

Das Telefon klingelte. Max ging ran und machte sich Notizen. Derweil betrachtete Petra ihre Chefin, die sie in den vergangenen Jahr noch nie so aufgeräumt und wenig distanziert erlebt hatte. Vielleicht hatte ja sie ja auch einen charmanten Vetter angetroffen.

„Tut mir leid", sagte Max, „aber es sieht nach Arbeit aus. Ein Arzt aus Zähringen rief gerade an. Er habe Zweifel am eigentlich augenscheinlichen Suizid einer seiner Patientinnen."

„Na, dann nichts wie los, Leute!", sagte Casandra. Mein erster Tag im Büro schien mir fast zu ruhig."

Auf der kurzen Autofahrt in den Stadtteil Zähringen berichtete Max, dass der Ehemann, ein Herr Fischer, vom Jogging kommend seine Frau tot aufgefunden habe. Da waren sie schon angekommen und parkten vor dem Dreifamilienhaus. Max schaute auf die Klingelschilder neben der Haustür und drückte auf eine der Klingeln.

Eine Stimme sagte „Ja" und öffnete die Tür, nachdem Max mitgeteilt hatte, dass die Polizei vor der Tür stehe. Die Kriminalkommissare stiegen in den ersten Stock hinauf, wo die Wohnungstür schon offen stand und sie von einem älteren Mann in die Wohnung gebeten wurden. Casandra stellte sich und die Kollegen vor.

„Ich bin Dr. Wiesmer, der Hausarzt der Toten. Danke,

dass Sie so schnell gekommen sind. Die Tote, Irma Fischer, sitzt, liegt in einem Sessel im Wohnzimmer. Folgen Sie mir bitte! Ihr Mann hat sich ins Schlafzimmer zurückgezogen. Ich habe den Tod seiner Frau festgestellt und dann gleich die Polizei alarmiert."

Der Arzt führte die Beamten ins Wohnzimmer. Neben der etwa 40-jährigen Toten lagen auf einem Tisch drei leere Schachteln Schlafmittel. Eine fast leere Flasche Wein stand daneben und zwei Weingläser. Das eine war halb voll.

„Von dem zweiten Glas abgesehen, sieht das allerdings auf den ersten Blick wie ein Selbstmord aus", meinte Casandra. „Herr Dr. Wiesmer, was macht sie zweifeln?"

„Ich betreue Frau Fischer seit etwa zehn Jahren. Sie war regelmäßig in meiner Praxis. Vor längerer Zeit wurde bei ihr Brustkrebs festgestellt. Der Facharzt und ich empfahlen eine Brustoperation. Sie weigerte sich. Die Metastasen wuchsen. Und Frau Fischer hatte mal leichtere, mal schwerere depressive Phasen. Dazwischen immer wieder, wie sage ich, hitzige, überschwängliche Momente. Ich hatte den Eindruck, dass sie versuchte, ihr noch verbleibendes Leben in vollen Zügen zu genießen. Da sie über Schlafstörungen klagte, verschrieb ich ihr in gewissen Abständen Schlaftabletten. Offenbar hat sie einen Teil davon gesammelt."

„Herr Dr. Wiesmer, was machte Sie also stutzig?"

„Ich weiß von der Toten, dass sie ausgesprochen Mühe hatte, eine Tablette zu schlucken. Da gab es irgendeine starke psychische Hemmung. Sie hatte mir mehrmals erzählt, dass sie eine Tablette nur runter kriegt, wenn sie sich die Nase zuhält, die Nasenflügel zusammenpresst. Manchmal habe sie auch ihren Mann gebeten, ihr dabei zu helfen, die Nase zuzuhalten, um die verdammte Tablette schlucken zu können, wie sie erzählte. Und jetzt 20 oder 30 Tabletten so auf einmal? Ich kann mir einfach nicht vorstellen, dass sie das allein gemacht hat. Nie verstanden habe ich, warum sie die Tabletten nicht zerrieben oder aufgelöst hatte. Ah, und dann eben das zweite Weinglas. Aber ich kann mich auch irren."

„Herr Dr. Wiesmer, es war richtig, dass sie gleich die Polizei gerufen haben. Wir lassen gleich die Kriminaltechniker kommen. Haben Sie eine Visitenkarte bei sich? Wir werden vielleicht auf sie zurückkommen müssen."

„Kann ich dann gehen?"

„Ja, Danke nochmals. Auf Wiedersehen. Ah, ist Herr Fischer denn ansprechbar?"

„Probieren Sie es! Gute Nacht!"

Nachdem der Arzt gegangen war, sagte Casandra:

„Petra, such die anderen Hausbewohner auf! Vielleicht haben die ja etwas mitbekommen. Max und ich sprechen mit dem Ehemann."

Sie klopfte an die Schlafzimmertür, doch von drinnen gab es keine Reaktion. Erneut klopfte sie. Nichts rührte sich drinnen. Darauf öffnete Casandra vorsichtig die Tür und sagte:

„Herr Fischer, hier ist die Polizei. Wir kommen jetzt zu Ihnen."

Der Ehemann saß zusammengesunken auf der Bettkante und bewegte sich nicht. Die beiden traten näher. Casandra stellte sich und Max vor.

„Herr Fischer, unser Beileid zum Tod ihrer Frau. Sind Sie in der Lage, mit uns zu sprechen?"

Langsam hob er den Kopf und nickte. Schließlich begann er zu reden und erzählte, dass er drei, dreieinhalb Stunden joggen gewesen sei und bei seiner Rückkehr seine Frau leblos aufgefunden habe. Sofort habe er den Hausarzt alarmiert und wie gelähmt auf diesen gewartet.

„Als ich die Schlaftablettenschachteln und den Wein gesehen habe, dachte ich gleich an Freitod. Irma hatte in den vergangenen Monaten immer wieder davon gesprochen, dass sie nicht in einem Krankenhausbett sterben wolle. Wie Sie wahrscheinlich von Dr. Wiemers erfahren haben, hatte sie fortgeschrittenen Brustkrebs. Aber jetzt – das ist doch sehr plötzlich gekommen. Ich glaube, Irma wollte einfach nicht als Wrack abtreten, sondern in einer letzten Blüte."

„Herr Fischer, als Sie zum Joggen aufbrachen, war da Ihre Frau irgendwie anders? Hat sich dieser Schritt irgendwie angekündigt? Gab es irgendwelche Zeichen dafür?"

„Nein, nichts. Sonst wäre ich natürlich nicht joggen gegangen."

„Können Sie sich das zweite Glas Wein erklären?"

„Nein, Frau Kommissarin. Vielleicht erwartete sie Besuch. Davon hatte sie mir aber nichts erzählt. Als ich aufbrach, war der Tisch noch leer."

„Der Hausarzt hat berichtet, dass Ihre Frau immense Schwierigkeiten mit dem Schlucken von Tabletten hatte. Schon mit einer einzigen. Wie passt das zusammen mit drei Schachteln Schlafmittel?"

„Das verstehe ich auch nicht. Offenbar war Irmas Entschluss, ihrem Leben und Leiden ein Ende zu machen, so gereift, dass sie diese Hürde überwand. Sie hielt sich gewöhnlich mit der einen Hand die Nase zu, um sich so zu zwingen, eine Tablette zu schlucken. Manchmal bat sie mich, dabei zu helfen. Dann warf sie mit einer Hand die Tablette in den Mund und setzte mit der anderen fast im selben Moment das Glas Wasser an die Lippen."

Casandra und Max warfen sich einen skeptischen Blick zu.

„Herr Fischer, es gibt hier einige Ungereimtheiten. Wir müssen die Gerichtsmedizin einschalten. Die

Tote wird dorthin zur genauen Untersuchung gebracht. Leider geht es nicht anders. Und die Spurensicherung wird gleich kommen. Sie wird auch von
Ihnen Fingerabdrücke und eine DNA-Probe nehmen. Das ist Routinesache. Wer könnte denn mit
Blick auf das zweite Weinglas bei ihr gewesen sein,
während Sie joggen waren?"

„Keine Ahnung. Aber wir haben seit Jahren regen
freundschaftlichen Kontakt mit den anderen Hausbewohnern. Die sind oft hier in der Wohnung gewesen,
und wir, Irma und ich, waren in deren Wohnung."

Als die Kollegen der Kriminaltechnik eintrafen,
verabschiedeten sich die Kriminalkommissare von
Herrn Fischer. Sie baten ihn, in der Stadt zu bleiben.
Sicherlich würden sie wieder auf ihn zukommen. Auf
der Rückfahrt berichtete Petra über den Hausbewohner im zweiten Stock und das Paar im Erdgeschoss. Sie
hätten an diesem Abend nichts Besonderes bemerkt.
Die unten wohnende Carola Schwarz sei Fischer
im Hausflug begegnet, als der so gegen 17 Uhr zum
Joggen aufgebrochen sei. Alle drei Befragten sagten,
sie hätten an diesem Tag keinen Kontakt zum Ehepaar
Fischer gehabt. Ansonsten sei man oft zusammen
gewesen. Abwechselnd in einer der Wohnungen."

„Ok, Petra. Wir müssen einfach das Ergebnis der
Rechtsmedizin abwarten. Müsste, wie ich Sommer

kenne, morgen Mittag vorliegen. Vielleicht war es ja wirklich ein Selbstmord."

„Vielleicht", warf Max ein, „aber irgendwie hat die Sache ein Geschmäckle. Angefangen mit dem zweiten Glas, das halb voll ist. Als ich einen näheren Blick drauf warf, hatte ich den Eindruck, dass daraus gar nicht getrunken worden war. Und dann diese Tablettenaversion der Frau Fischer. Und plötzlich eine große Anzahl davon hinunter geschluckt? Es gibt doch tausend andere Möglichkeiten, aus dem Leben zu scheiden."

„Vielleicht hat sie ja die Tabletten im Wein aufgelöst", meinte Petra.

„Nein, nein", protestierte Casandra, „nicht in diesem kostbaren alten Bordeaux, dessen Flasche auf dem Tisch stand."

2.

Es war dann erst der späte Dienstagnachmittag, als der Anruf aus der Rechtsmedizin kam. Casandra und Petra machten sich auf den Weg. Als sie eintrafen, fiel ihnen sofort der Gesichtsausdruck von Dr. Sommer auf. Er hatte, es war offensichtlich, etwas Besonderes für sie.

„Zunächst: Die Frau starb an der Überdosis von Schlafmitteln. Das ist eindeutig. Irgendwelche Gewaltanwendungen konnte ich nicht feststellen. Mit einer kleinen Ausnahme. Offenbar wurden ihre Nasenflügel richtig stark zusammengedrückt. Aber es gibt keine Abwehrspuren der Frau. Von ihrer Krebserkrankung wissen Sie ja."

Casandra berichtete kurz, was der Hausarzt und der Ehemann die Nase betreffend mitgeteilt hatte.

Der Mediziner schüttelte ungläubig den Kopf und meinte:

„Gut, ich werde das nochmals anschauen."

„Haben Sie sonst noch etwas für uns, Dr. Sommer?"

„Ja, ich habe noch eine kleine Überraschung für Sie."

„Bitte machen Sie es nicht so spannend", flehte Petra.

„Die Tote hatte vor ihrem Ableben Sex. Vermutlich zwei bis vier Stunden vorher."

„Einvernehmlich?"

„Nichts spricht dagegen."

„Und?"

„Nicht mit ihrem Ehemann. Keine Übereinstimmung mit dessen DNA."

„Na, das ist eine Bombe. Petra, besorge gleich anschließend DNA der beiden anderen Männer im Haus. Und die KT muss jetzt die ganze Wohnung der Fischers genau untersuchen auf weitere DNA-Spuren und Fingerabdrücke."

„Diese Spuren des Nasezudrückens sagen aber nichts darüber aus ob Suizid oder nicht, Dr. Sommer?"

„Nein. Selbst wenn sich männliche DNA-Spuren auf der Nase der Tote finden sollten, können die ja bei der sexuellen Begegnung hingekommen sein. Ich prüfe das nochmals nach. Viel Erfolg beim Aufklärung des Falls, meine Damen! Ah, vielleicht noch ein kleiner Hinweis: Vielleicht war ja der Sex ein Depressionsschub für die schwerkranke Frau. Sie wissen ja: Omne animal post coitum triste."

Casandra zwang sich ein Grinsen für Sommer ab und zog Petra hinter ich aus dem Raum.

„Was war denn das?", fragte Petra draußen.

„Das zeugt für den sarkastischen Humor unseres Mediziners", meinte Casandra. „Und was hat er gesagt?"

„Ein altes lateinisches Sprichwort: Jedes Tier ist nach dem Koitus traurig."

„Was für ein Schwachsinn. Das habe ich bei meiner Katze noch nie bemerkt."

„Petra, vielleicht ist es ja nur auf Menschentiere gemünzt. Auf jeden Fall muss Sommer schnell die DNA von den beiden anderen Männern im Haus bekommen."

„Und wenn der Sexpartner von außerhalb kommt?"

„Dann haben wir Pech gehabt. Die entscheidende Frage ist aber: Suizid oder nicht. Irgendwie habe ich eine mulmige Ahnung, dass es nicht so eindeutig ist."

„Um erst gar nicht von meinem Gefühl zu sprechen, Casandra."

3.

Am späten Nachmittag des Mittwoch lagen die fehlenden Daten vor. Die drei Kommissare besprachen die Lage.

„Ich habe mit dem Bewohner im zweiten Stock, Oskar Strebe, der laut DNA-Analyse mit der Fischer vor deren Tod Sex gehabt hatte, am Telefon gesprochen. Er ist heute in Basel. Ich habe ihn für morgen um 9 Uhr zur Vernehmung einbestellt."

„Gut, Max. Er hat uns also angelogen, als er sagte, er habe Irma an diesem Tag gar nicht gesehen. Bin gespannt, was er morgen erzählt. Wie steht es mit dem Joggen von Herrn Fischer. Gibt es da irgendwelche Zeugen?"

„Bisher nicht, Casandra. Da müssten wir wohl einen öffentlichen Aufruf machen und sein Foto veröffentlichen."

„Nein, das machen wir nicht, solange nicht klar ist, dass es kein Suizid war. Ja, Petra?"

„Und wenn es nun ein assistierter Freitod war?"

„Nicht auszuschließen. Aber warten wir erst mal ab, was uns Herr Strebe morgen erzählt. Wir machen jetzt einfach mal früher Feierabend. Tschüss, ihr zwei."

Casandra setzte sich in ihr Büro und zögerte. Doch dann wählte sie die Nummer. Der Hörer wurde abgenommen.

„Hallo, Felix."

„Casandra. Was für eine schöne Überraschung. Von wo rufst du an?"

„Vom Büro. Ich bin seit drei Tagen zurück aus Griechenland, wurde aber sofort mit einem Todesfall konfrontiert. Und du?"

„Nur mit charmanter Studentinnen konfrontiert. Aber ich kann mich ihrer erwehren. Wie war es in Griechenland?"

„Ich konnte mich charmanter Griechen erwehren. Hast du heute Abend Zeit?"

„Du weißt doch: Für dich immer."

„Also um halb Acht bei mir zum Abendessen?"

„Sehr gerne. Kochst du uns etwas?"

„Da fehlt mir vermutlich die Zeit dazu."

Zwei Stunden später klingelte es an ihrer Wohnungstür. Felix strahlte sie an, als sie öffnete. Sie begrüßten sich mit Wangenküsschen.

„Komm herein, Felix!"

„Herzlichen Willkommen in Freiburg, Casandra.

Oh, das riecht ja vielversprechend", sagte er, die Luft im Flur schnuppernd.

„Passenderweise griechische Speisen."

„Selbst gekocht?"

„Nein, dazu fehlte die Zeit. Vom Griechen geholt. Aber selbst warm gehalten."

Die Zeit verging wie im Flug. Sie lachten viel mit einander. Als er sich zu fortgeschrittener Stunde verabschieden wollte, ließ sie ihn nicht gehen und zog in mit sich ins Schlafzimmer. Später strich sie ihm sanft über seine nackte Brust und schaute ihn skeptisch an.

„Sprich schon, Casandra!"

„Du hast mich noch nie nach meinem ungewöhnlichen Vornamen befragt. Bist du nicht neugierig?"

„Klar bin ich neugierig. Aber vermutlich haben dich schon unzählige Leute mit dieser Frage belästigt. Ich wollte nicht der Tausendste sein. Ich habe Geduld. Ich bin mir sicher, dass du es mir von selbst erzählst, wenn die Zeit reif dazu ist."

Sie lächelte und klärte ihn über ihre griechischen Familienbande und ihre Großmutter Kassandra auf.

„Ich beneide dich. Ich kann nur mit schwäbischen Vorfahren aufwarten."

Als er später erschöpft an ihrer Seite eingeschlafen war, dachte sie:

Nichts von animal triste. Nicht bei mir. Und ich bin mir sicher, auch nicht bei ihm.

4.

Am Donnerstagvormittag saßen Casandra und Petra dem vorgeladenen Oskar Strebe gegenüber.

„Herr Strebe, Sie hatten vor drei Tagen ausgesagt, dass Sie Frau Fischer zuletzt am Montagvormittag, am Todestag also, vormittags im Hausflur getroffen hätten, als Sie zum Bäcker gegangen seien. Wir wissen, dass das nicht stimmt. Warum haben Sie gelogen?", fragte Casandra.

Strebe schwieg eine Weile und fragte dann:

„Woher wollen Sie das wissen?"

„Wir stellen hier die Fragen."

„Und wenn ich bei meiner Aussage bleibe?"

„Herr Strebe, warum wollen sie es unnötig kompliziert machen? Die Gerichtsmedizin hat festgestellt, dass Frau Fischer vor ihrem Tod Geschlechtsverkehr hatte. Und zwar mit Ihnen. Das beweist die DNA-Analyse. Warum haben Sie nicht die Wahrheit gesagt?"

„Warum wohl? Durch die Anwesenheit der Kripo war mir klar, dass mit dem Tod Irmas etwas nicht koscher ist. Ich wollte da nicht mit hineingezogen werden. Ich habe nichts mit ihrem Tod zu tun."

„Ihnen ist aber klar, dass Sie sich durch Ihre Lüge erst recht verdächtig gemacht haben", sagte Petra. „Erzählen Sie jetzt einfach, was am Montag vorgefallen ist! Diesmal einfach die Wahrheit."

„Na gut. Bleibt mir offensichtlich nichts Anderes übrig. Irma rief mich am Nachmittag an und lud mich ein, herunter zu kommen. Ihr Mann sei joggen gegangen für drei bis vier Stunden."

„Waren Sie überrascht von dem Anruf?"

„Nein, das ist in den vergangenen Wochen öfters geschehen. Ich hatte den Eindruck, dass sie die ihr verbleibende Zeit voll auskosten wollte."

„Auskosten?"

„Na ja, eben sexuell befriedigt zu werden. Einen Orgasmus zu haben. Sie war ja schwer krank. Das wussten alle im Haus. Und Oliver, ihr Mann, hat es anscheinend nicht so gebracht."

„Wie lange ging das schon so mit ihnen beiden?"

„Zwei Jahre oder so. Aber so intensiv, so oft erst in den letzten Wochen."

„Und der Ehemann? Wusste er davon?"

„Ich denke, er ahnte etwas. Aber er hat nie mit mir darüber gesprochen."

„Zurück zum Montag. Sie hatten also Sex mit einander. Und was geschah dann?"

„Das war so gegen 17 Uhr. Dann bot mir Irma ein Glas Wein an. Aber bevor ich zugreifen konnte, wurden wir gestört."

„Gestört?"

„Es klingelte. Irma ging zur Sprechanlage. Da war ihr

Mann vor der Haustür. Er hatte seine Hausschlüssel vergessen und wollte die holen. Na, da bin ich eben blitzschnell nach oben verschwunden."

„Herr Fischer kam vom Joggen so früh zurück? Und es war wirklich Herr Fischer, der da geklingelt hatte?"

„Ja, ich warf von oben einen Blick ins Treppenhaus und sah ihn heraufkommen. Dann verschwand ich in meine Wohnung."

„Können Sie etwas darüber sagen, ob und wann Herr Fischer wieder joggen ging?"

„Keine Ahnung. Ich bilde mir ein, dass sich etwa eine halbe Stunde oder eine Stunden später die Tür unten und die Haustür geöffnet und geschlossen wurden. Sie müssen wissen, dass das Haus sehr hellhörig ist. Aber beschwören kann ich das nicht."

„Sie hatten schon am Montagabend gesagt, ein Freitod Frau Fischers habe Sie nicht überrascht."

„Nein, das hat er nicht. Sie hat selbst immer wieder einen solchen angekündigt. Aber dass es dann am Montag geschehen war, war schon unerwartet. Ich hatte sie ja wenige Stunden vorher lebend in den Armen gehalten."

„Sie haben den Wein erwähnt. Sahen Sie sonst etwas auf dem Tisch?"

„Nein, nur die Flasche Wein und zwei Gläser. Als sie eingeschenkt hatte, klingelte es. Ich hab mein Glas nicht angerührt, keinen Schluck getrunken."

Casandra beendete das Gespräch und sagte zu Strebe, er könne gehen, dürfe aber die Stadt vorläufig nicht verlassen. Sie trat mit Petra hinter ihm aus dem Verhörraum und sahen ihm nach.

„Das zumindest ist korrekt. Unsere Techniker haben festgestellt, dass aus dem zweiten Glas nicht getrunken wurde und dass darauf nur die Fingerabdrücke Frau Fischers waren. Petra, schnapp dir Max und bringt mir den Fischer her!"

5.

Oliver Fischer saß im Verhörraum und wartete. Draußen berieten sich die drei Kommissare. Das mit dem Sex vor dem Tod Frau Fischers sollte nicht thematisiert werden bei der Befragung – wenn es nicht zwingend nötig sei. Casandra und Max traten ein und belehrten Fischer über seine Rechte.

„Nein, Frau Kriminalhauptkommissarin, ich brauche keinen Rechtsanwalt. Ich bin selbst Jurist."

„Gut, Herr Fischer. Ihr Jogging-Alibi ist geplatzt. Sie wurden gesehen, wie Sie gegen 17 Uhr schon vom Joggen zurückgekehrt sind. Warum haben Sie uns belogen?"

Fischer schwieg eine Weile mit gesenktem Kopf, dann antwortete er:

„Sie haben Recht. Ich hatte nicht die Wahrheit gesagt. Ich wollte einfach aus der polizeilichen Ermittlung der Sache herausgehalten werden."

„Welche Sache?"

„Den Freitod meiner Frau. Sie wissen ja inzwischen, dass Irma todkrank und depressiv war. Sie hatte schon Monate lang davon geredet, dass sie sich zum richtigen Zeitpunkt das Leben nehmen werde. Sie hatte damals eine Brustoperation und eine Chemo ausgeschlossen. Sie wolle nicht auf Teufel komm raus dahinsiechen, wie sie sagte, sondern abtreten, wenn es noch würdevoll möglich sei. Sie wolle einen sanften selbstbestimmten Tod. Und auf keinen Fall in einem Klinikbett sterben. Sie zitierte manchmal aus dem Roman ‚Moby Dick', wo jemand sage: ‚Was immer da auch kommen mag, ich werde lachend ihm begegnen.' Also selbstbewusst und überlegen. Davon ließ sich Irma weder von mir noch von Ärzten oder Psychologen abbringen. Dass sie ihren Entschluss am vergangenen Montag wahr machte, war unerwartet. Obwohl ich praktisch jeden Tag damit rechnen musste."

„Sie gingen joggen. Ahnten Sie gar nichts?"

„Nein. Sie schien mir wie in den Wochen und Tagen zuvor."

„Sie haben an diesem Tag also nur etwa eine Stunde gejoggt?"

„Zunächst. Ich kam nach etwa einer Stunde zurück, weil ich die Hausschlüssel vergessen hatte. Irma ging in den vergangenen Wochen immer sehr früh zu Bett. Die Krankheit hatte sie geschwächt. Da wollte ich sie später am Abend nicht aus dem Bett klingeln. Etwa eine Stunde danach ging ich dann wieder joggen. So knapp drei Stunden lang."

„Was passierte in der Stunde, als Sie in der Wohnung waren?"

„Wie mir Irma die Tür öffnete und mich anblickte, erschrak ich und mir graute. In dem damaligen Moment konnte ich es mir nicht erklären. Dann sah ich die Flasche Wein und die zwei Gläser auf dem Tisch. Bevor ich fragen konnte, war Irma ins Bad gegangen und kam mit drei Schachteln Schlaftabletten zurück, wie ich dann feststellen musste. Irma hatte seit meinem Eintreten kein Wort geäußert. Doch irgendwie wurde mir klar: Jetzt ist es soweit."

„Und Sie sagten nichts? Schritten nicht ein?"

„Monate lang hatte ich etwas gesagt. Vergebens. Und nein, ich schritt nicht ein. Ich respektierte und respektiere ihren Wunsch, ihren Willen, ihr Leben sozusagen lebendig zu beenden. Wenn jemand, wenn meine Frau bestimmt sterben will, wenn sie fest dazu entschlossen ist, woher sollte ich das Recht nehmen, sie daran zu hindern? Es war ihr letzter Wunsch. Sollte ich den nicht respektieren, auch wenn ich nicht damit einverstanden war? Irma goss Wein in die zwei Gläser und wollte mit mir anstoßen. Ich konnte das nicht. Ich rührte das Glas nicht einmal an. Sie trank einen Schluck. Beim zweiten würgte sie die erste Tablette mit hinunter."

„Beschreiben Sie das genau!"

„Sie kniff mit der einen Hand die Nase zu, steckte mit der anderen die Tablette in den Mund und spülte sie dann mit einem großen Schluck Wein runter. Das machte sie so mit einigen Tabletten."

„Weiter!"

„Nach der ersten Schachtel bat mich Irma, ihr zu helfen. Wie ich das in der Vergangenheit schon getan hatte."

„Was taten Sie?"

„Ich presste ihr die Nasenflügel zusammen, und nach und nach schluckte sie die restlichen Tabletten."

„Herr Fischer, Sie sind Jurist und wissen, dass Sie sich nicht selbst belasten müssen. Das wird wohl aktive Sterbehilfe gewesen sein. Die ist strafbar."

„Ich weiß. Aber ich stehe dazu."

„Was passierte weiter?"

„Irma bedankte sich für diesen Liebesdienst, wie sie sagte. Dann forderte sie mich auf, wieder joggen zu gehen. Sie wolle allein sterben. ‚Ich will nicht, dass du mir dabei zusiehst', sagte sie. ‚Gib mir einen Abschiedskuss!'"

„Sie gingen also wieder joggen."

„Ja, schweren Herzens. Nach knapp drei Stunden kehrte ich zurück und fand Irma leblos vor. Ich rief sofort den Hausarzt an. Den Rest kennen Sie."

Es entstand eine längere Pause, bis Casandra sagte: „Herr Fischer, ich unterstelle, dass das diesmal die Wahrheit ist. Sie bleiben bei dieser Aussage, die Sie selbst belastet?"

„Ja."

„Gut. Dann werden Sie jetzt dem Haftrichter vorgeführt. Er muss entscheiden, wie es weiter geht."

Später saßen Casandra, Max und Petra noch zusammen. Aber ein richtiges Gespräch kam nicht zu Stande. Alle drei hatten die von Fischer geschilderte Szene vor Augen.

„Lasst uns nach Hause gehen!", sagte Casandra schließlich. Sie nickten sich gegenseitig zu und verließen schweigend das Büro.

Ende

Obszön

1.

An diesen Tagen joggte Felix jeden frühen Morgen am Strand, während Casandra sich im Bett drehte und weiter schlief. Oder sie döste nur wohlig und ließ die vergangenen Urlaubstage an ihrem inneren Auge vorbeiziehen. Sie hatte sich von Felix überreden lassen, mit ihm drei Wochen in Sizilien zu verbringen. Nächstes Jahr sei Griechenland dran, wo sie dann die Reiseführerin sei. Sizilien biete neben unzähligen griechischen Tempelruinen das gleiche blaue Meer und dazu noch ein abwechslungsreicheres Speiseangebot als die griechische Küche. Er, Felix, sei schon drei Mal auf der Insel gewesen, radebreche Italienisch und werde ihr Reiseführer sein. Im Frühjahr blühe alles, der Touristenrummel sei noch nicht so schlimm, und man könne preiswert unterkommen.

Sie flogen nach Catania, besuchten Taormina mit seinem antiken Theater und dem herrlichen Blick auf den rauchenden Ätna, das antike Syrakus und als Zwischenstation Agrigent. In San Leone, etwa sieben Kilometer unterhalb Agrigents, hatten sie für eine Woche einen Pavillon gemietet, der zu einer Hotelanlage am Meer gehörte. Nach all den Altertümern sollte es eine ganz relaxte Woche mit Sonne und Meer werden. Das Hotel hieß ja auch „Mare & Sole". Dann sollte es nach einem Aufenthalt in Palermo wieder zum Flughafen Catania gehen.

Essen konnte man in Sizilien wirklich großartig, wenn man nicht auf Touristenmenüs fixiert war. Das Speiseangebot war tatsächlich abwechslungsreicher als in Griechenland, das gab Casandra zu, wobei sie aber nichts über die dortige Küche kommen ließ. Was Felix immer wieder beteuern ließ, dass er die griechische Küche ja auch schätze. Aber...

Als Felix nach zweistündigem Joggen am Strand gegen neun Uhr zurückkehrte, berichtete er der inzwischen ausgeschlafenen Casandra das Neueste:

„Wenn du mal aus der Tür schaust, siehst du deine italienischen Kollegen bei der Arbeit. Ich dusch' mich mal."

Sie rekelte sich noch ein wenig auf dem Bett, warf sich einen Morgenmantel über und trat auf die Türschwelle. Da sah sie zwischen dem Hotelhauptgebäude und dem Strand mehrere uniformierte Polizisten sowie Leute in Zivil und in Schutzanzügen. Ein Teil des Geländes war abgesperrt. Offensichtlich hatte sie so tief geschlafen, dass sie den Auftrieb gar nicht gehört hatte. Casandra kannte solche Szenen gut genug. Sie war sich ziemlich sicher, dass man dort eine Leich gefunden hatte.

Inzwischen hatte Felix geduscht und sich umgezogen.

Er trat neben Casandra, küsste sie und sagte:

„Ich fragte einen der Polizisten, was vorgefallen sei, aber er wollte mir nichts sagen."

„Ich hätte dir in einer solchen Situation als Ermittlerin auch nichts gesagt."

„Was für eine Situation?"

„Sieht alles danach aus, dass sie einen Toten oder eine Tote gefunden haben. Ist dir etwas aufgefallen, als du heute früh joggen gegangen bist?"

„Eine Leiche habe ich nicht gesehen. Allerdings traf ich auf diesen Mann aus Breisach."

„Den Herrn Weiß?"

„Ja, war eine seltsame Sache. Es schien mir, dass er auf mich gewartet habe. Erst dachte ich, dass er sich mir zum Joggen anschließen wollte. Er wusste ja, dass ich jeden Morgen um sieben Uhr aufbreche. Und gestern brummte er, das täte ihm sicherlich auch gut."

„Und joggte er mit?"

„Nein, er machte mir eine Szene. Ich solle seine Frau in Ruhe lassen."

„Dieses junge Ding, die Renate Weiß, die ständig mit dir flirtet?"

„Zu flirten versucht. Du hast ja mitbekommen, dass mir das peinlich ist und ich nicht darauf reagiere. Sie erinnert mich an einige meiner Studentinnen, die mich immer wieder nerven."

„Und von denen du mit mir hierher geflohen bist."

„Du sagst es, Casandra. Auf jeden Fall schimpfte dieser Weiß auf mich ein, wurde handgreiflich und riss mir fast das T-Shirt vom Leib. Da sieh, das kann ich wohl wegwerfen."

„Nein, nein, das flicke ich, Felix. So viel Ersatzwäsche hast du ja nicht mit. Aber was passierte dann weiter?"

„Na, ich ließ den Esel einfach stehen und joggte los."

„Hätte ich auch so gemacht. Komm, lass uns frühstücken gehen", sagte sie leicht hin, aber etwas hatte sich in ihr zusammen gezogen. Sie ahnte drohendes Unheil.

2.

Im Frühstücksraum im Hauptgebäude trafen sie die üblichen Verdächtigen an: zwei britische Paare und ein italienische Ehepaar aus Rom. Das Ehepaar aus Breisach, das gewöhnlich am Nachbartisch saß, war nicht da. Aber die frühstückten gewöhnlich später, wie Casandra und Felix festgestellt hatten. In den vergangenen drei Tagen trafen sie erst ein, wenn die beiden den Raum verließen oder vermutlich noch später.

„Wahrscheinlich hat sich der Weiß wieder ins Bett gelegt, nachdem er mich belästigt hatte. Dabei hat er die Flirtversuche seiner Frau davor gar nicht registriert oder zumindest so getan, als ob sie ihm gleichgültig wären."

„Ja, ich habe nicht den Eindruck, dass er besonders eifersüchtig ist, Felix. Vielleicht hatte er das alles ja auch als Zicken seiner jungen Frau abgetan. Sie könnte altersmäßig seine Tochter sein. Ich habe aber den Eindruck, dass die beiden ständig missgestimmt sind. Wenn sie sich allein fühlten, schienen sie nur zu zanken. Das haben wir hier doch schon am ersten Tag wahrgenommen. Glücklicherweise wohnen sie nicht im Nachbarpavillon sondern im Hauptgebäude."

„Ich verstehe einfach nicht, was er an dieser Göre findet. Er ist doch so etwa in meinem Alter und plagt sich mit diesem jungen Ding herum."

„Mein lieber Felix, nicht alle sind so standhaft wie du gegenüber einer Phalanx blühender Studentinnen."

„Nimm mich nur auf den Arm, Casandra! Ich stehe eben auf..."

„Reife Frauen?"

„Auf eine wunderbar gereifte."

In diesem Augenblick betraten zwei uniformierte Polizisten und zwei Männer in Zivil den Raum. Einer von ihnen sagte etwas laut auf Italienisch. Bevor Casandra Felix um eine Übersetzung bitten konnte, stellte sich der Mann auf Englisch vor. Er sei Commissario Baratto. Man habe vor dem Hotel einen Toten gefunden. Man müsse jetzt alle Hotelangestellten und Hotelgäste befragen. Alle Gäste hier mögen an ihrem Platz bleiben. Man werde sie einzeln in ein Nebenzimmer bitten. Als erste wurde Casandra aufgerufen. Sie nickte Felix zu. Nebenan saß der Commissario mit einem Kollegen hinter einem Tisch und bat sie, gegenüber Platz zu nehmen. Ob sie Italienisch spreche. Nein, aber sie spreche ziemlich fließend Englisch wie er. Später erfuhr sie, dass Barattos Mutter aus Malta stammte und er schon als Kind Englisch gelernt hatte.

„Signora Deggenforst, ich habe aus der Hotelanmeldung entnommen, dass wir Kollegen sind. Daher brauche ich Ihnen keine langen Erklärungen über das Procedere geben. Wo waren Sie heute morgen so zwischen sieben und acht Uhr?"

„Ich habe in unserem Pavillon, Pavillon B, geschlafen"

„Kann das jemand bezeugen?"

„Nein. Mein Partner, Felix Pfeifer, joggt jeden morgen so zwischen sieben und neun Uhr. Ich war allein."

„Haben Sie in dieser Zeit etwas Ungewöhnliches gehört?"

„Nein, ich schlief."

„Kennen Sie den Hotelgast Franz Weiß?"

„Ja. Er sitzt mit seiner Frau beim Frühstück und Abendessen an einem Nachbartisch. Die beiden sind aus Breisach, so etwa eine halbe Autostunden von

Freiburg entfernt, wo wir herkommen."

„Haben Sie das Ehepaar schon vorher gekannt?"

„Nein, reiner Zufall, dass wir im selben Hotel abgestiegen sind."

„Haben Sie sich in diesen bisherigen drei Tagen näher kennen gelernt?"

„Nein, wir haben ein paar Worte gewechselt, Floskeln. Small Talk über das Wetter, über mögliche Ausflüge von hier in die nähere Umgebung. Aber sonst hatten wir keinen näheren Kontakt."

„Wann haben Sie das Ehepaar zuletzt gesehen?"

„Gestern beim Abendessen."

„Und Herrn Weiß?"

„Gestern beim Abendessen."

„Welchen Eindruck haben die zwei auf Sie gemacht?"

„Eindruck?"

„Ja."

„Es schien Spannungen zwischen ihnen zu geben. Aber das sind nur Vermutungen. Uns beiden, Felix und mir, ist das Paar nicht besonders sympathisch. Wir halten auf Distanz, wollen zusammen einfach den Urlaub genießen."

„Gilt das auch für Ihren Partner?"

„Ja. Aber das müssen Sie schon ihn fragen."

„Sie haben mich gar nicht nach dem Toten gefragt?"

„Wie Sie sagten, Commissario, sind wir sozusagen Kollegen. Ich kenne das Procedere. Der Befragte fragt nicht."

„Bei dem Toten handelt es sich um Herrn Weiß. Er ist gewaltsam gestorben."

„Das tut mir leid. Aus ihren Fragen entnehme ich, dass das zwischen sieben und acht Uhr geschah."

„Sie haben Recht. Sie können in Ihren Pavillon zurück oder an den Strand. Aber entfernen Sie sich bitte zunächst nicht allzu weit. Danke. Ah, ich denke, Sie haben nichts dagegen, wenn wir nebenan Ihre Fingerabdrücke und eine DNA-Probe nehmen. Sie wissen..."

„Ich weiß, Signor Commissario, reine Routine. Buon giorno."

3.

„Bitte setzen Sie sich, Herr Pfeifer", sagte Baratto. „Wo waren Sie heute Vormittag so gegen sieben bis acht Uhr?"

„Ich war von etwa sieben bis neun Uhr am Strand joggen. Wie jeden Tag, seitdem Frau Deggenforst und ich hier sind."

„Ist Ihnen etwas Besonderes aufgefallen?"

„Oh ja", erwiderte Felix und schilderte den Zwischenfall mit Franz Weiß.

„Herr Weiß wurde gegen acht Uhr vom Hotelpersonal

tot aufgefunden. An der Stelle, wo Sie ihn nach ihrer Aussage getroffen haben. Er starb eines gewaltsamen Todes. Lebte er noch, als sie davon joggten?"

„Natürlich lebte er noch. Sonst wäre ich nicht einfach losgejoggt."

„Wie war ihr Verhältnis zu Herrn Weiß – und zu Frau Weiß?"

„Ist sie etwa auch tot?"

„Nein. Also?"

„Es gab kein Verhältnis, weder zu ihm noch zu ihr. Wir waren Tischnachbarn. Haben in diesen drei Tagen im Hotel oder bei einem zufälligen Treffen am Strand Unverbindlicheiten ausgetauscht."

„Auch nur Small Talk mit Frau Weiß?"

„Von meiner Seite auf jeden Fall. Doch fühlte ich mich von ihr belästigt. Sie versuchte krampfhaft, mit mir zu flirten. Vielleicht um ihren Mann eifersüchtig zu machen. Ich lehre an einer Hochschule in Freiburg. Manche Studentin versucht es auch mit einem Flirtversuch. Ich kenne das."

„Und?"

„Und nichts. Ich kann außerhalb meines Berufs mit diesen jungen Dingern nichts anfangen. Ich stehe auf Casandra Deggenforst."

„Frau Weiß erzählt etwas Anderes."

„Das kann ich mir denken."

„Sie sagte aus, Sie hätten sie belästigt und unsittliche

Anträge gemacht."

„Unsinn!"

„Frau Weiß sagte weiter aus, sie habe ihren Mann gebeten, sie zurechtzuweisen. Das habe er dann heute früh gemacht. Man habe ja von ihnen gewusst, dass sie jeden Morgen gegen sieben Uhr joggen gehen. Sie und ihr Mann hätten nicht gewollt, dass diese Zurechtweisung vor Dritten geschehe."

„Hören Sie, Commissario, ich habe doch erzählt, dass Herr Weiß heute früh plötzlich vor mir stand. Aber es blieb bei dem, was ich vorher ausgesagt habe. Als ich losjoggte, war der Mann noch quicklebendig."

„Haben Sie das T-Shirt noch, das Herr Weiß Ihnen eingerissen haben soll?"

„Ja, ist im Pavillon. Meine Partnerin wollte es flicken."

„Gut, wir werden es untersuchen lassen."

Er wandte sich zu einem der uniformierten Polizisten."

„Giancarlo, geh zum Pavillon B. Die Signora soll dir das T-Shirt von Herrn Pfeifer geben. Es reicht, dass du ,T-Shirt, per favore' sagst."

„Herr Pfeiffer, neben an werden noch Fingerabdrücke und eine DNA-Probe von Ihnen genommen. Reine Routine. Verlassen Sie bis auf Weiteres nicht das Hotelgelände! Joggen am Strand nur bis auf Sichtweite."

4.

Casandra hatte das T-Shirt schon bereit gelegt, als der Polizist zum Pavillon kam. Sie kannte das Procedere. Felix hatte ihr ja den Verlauf des Disputs mit Weiß geschildert. Und sie wusste, dass das ein Beweismittel sein würde. Sie bezweifelte keinen Augenblick, dass sich alles so zugetragen hatte, wie Felix ihr erzählt hatte. Als der wenig später ihr den Verlauf der Vernehmung schilderte, versuchte sie, ihn zu beruhigen. Das seien die üblichen Abläufe bei einem Kapitalverbrechen. Sie sprach nicht aus, dass er für Commissario Baratto höchst verdächtig sein musste.

„Ich habe den Eindruck", stöhnte Felix, „dass die Polizei mich für den Täter hält. Es ist ja auch eine verflixte Situation. Aber ich weiß, dass ich nicht der Letzte war, der mit Weiß zusammentraf. Als ich ging, lebte er noch."

Dann erzählte er, dass ihn Frau Weiß mit haltlosen Beschuldigungen wie Belästigungen und unsittlichen Anträgen belastet habe.

„Dass sie ein kleines Luder ist, dachten wir ja. Aber sie scheint ein riesengroßes zu sein."

„Diesen Eindruck habe ich auch", stimmte ihm Casandra bei. „Auf jeden Fall war es richtig, alles klar auszusagen. Sich in Widersprüche zu verwickeln, macht einen erst recht verdächtig. Aber die Lage ist ernst. Holla, da kommt ja der Commissario."

„Signora Deggenforst, ich muss Sie noch einmal befragen. Wenn Sie, Signor Pfeifer, inzwischen ein wenig joggen gingen am Strand! Aber bitte in Sichtweite bleiben!"

Da sich Casandra auf die Türschwelle gesetzt hatte, setzte sich Baratto ihr gegenüber auf einen Stein und zündete sich eine Zigarette an.

„Signora, Sie hatten mir vorhin nichts von der Begegnung ihres Partners mit Herrn Weiß heute früh erzählt. Wissen Sie nichts davon?"

„Doch, Felix, hatte mir davon erzählt, als er vom Joggen zurückkkam."

„Warum haben Sie nichts davon gesagt?"

„Warum sollte ich? Ich wusste, dass Sie auch Felix vernehmen würden. Warum sollte ich Ihnen aus zweiter Hand servieren, was Sie gleich aus erster erhalten würden?"

Baratto schaute sie länger schweigend an.

„Wie ist das Verhältnis Ihres Freundes zu Frau Weiß?"

„Es gibt und gab kein Verhältnis. Er hat und hatte eine große Abneigung gegen die Göre, wie er sie nannte. Sie versuchte, mit ihm anzubandeln; das habe ich natürlich bemerkt, doch er zeigte ihr die kalte Schulter. Er hat sie nach meiner Wahrnehmung in keiner Weise zu etwas ermuntert. Höchstens dazu, ihn in Ruhe zu lassen. Mit Ausnahme der morgendlichen Joggerei waren Felix und ich Tag und Nacht zusammen. Er hatte gar keine Gelegenheit, sie unbemerkt von mir zu belästigen. Halt! Sie hätte natürlich mit ihm joggen gehen können. Hat Frau Weiß Ihnen das erzählt? Entschuldigung, ich weiß ja, dass ich als Befragte keine Fragen an die Polizei stellen sollte."

Commissario Baratto grinste und sagte:

„Ausnahmsweise beantworte ich die Frage einer Befragten. Nein, Frau Weiß hat nicht erzählt, dass Sie mit Ihrem Freund joggen ging. Sie macht keinen sehr sportlichen Eindruck. Derzeit steht Aussage gegen Aussage, die von Frau Weiß und die Ihres Partners."

„Sie vergessen anscheinend, dass die Aussage der Weiß gegen meine und die von Felix steht. Felix hat von selbst über die Begegnung mit Herrn Weiß erzählt. Das T-Shirt hätte er verschwinden lassen können."

„Sie haben Recht, Frau Kollegin, das spricht zunächst für ihn. Vielleicht ist das aber ja eine ganz raffinierte Strategie von ihm."

„Tja, so etwas kann man bei einem Täter nie 100-prozentig ausschließen. Aber jetzt mal ganz sachlich unter Kollegen: Gibt es keine Zeugen? Haben Ihre Kriminaltechniker nichts entdeckt?"

„Sie wissen, dass ich darüber keine Auskunft geben darf. Sie wissen aber auch, dass der Fall erst ein paar

Stunden alt ist. Aber das verrate ich Ihnen doch,"
sagte der Commissario. „Wir haben die mutmaßliche
Tatwaffe! Arrividerci, Signora."

5.

Mit mulmigen Gefühlen saß Casandra da. Sie zündete sich ein Zigarillo an, griff zum Handy und wählte
das private ihrer Kollegin Petra.
„Hallo, Casandra, das ist eine schöne Überraschung.
Wie geht es euch in Sizilien? Wo
seid ihr gerade?"
„Wir sind in der Nähe von Agrigent. Bis heute war es
prima."
„Was ist passiert?"
„Ein deutscher Feriengast hier im Hotel ist tot auf-
gefunden worden. Und Felix wird verdächtigt, ihn
getötet zu haben. Er hat ihn angeblich als Letzter
getroffen."
„Das kann ich nicht glauben."
„Ich auch nicht. Es gibt da die junge Ehefrau des
Toten, die Felix mit unhaltbaren Beschuldigungen
anschwärzt."
„Und die italienische Polizei?"
„Die verhält sich bisher korrekt. Ob sie noch in an-
dere Richtung ermittelt als Felix betreffend, weiß ich

nicht. Der sizilianische Kollege, ein Commissario Baratto, macht einen soliden Eindruck. An seiner Stelle hielte ich Felix auch für verdächtig."

„Ach du Scheiße!"

„Kannst du mir einen Gefallen tun? Unter Kolleginnen? Bei dem Toten und seiner Frau handelt es sich um ein Ehepaar aus Breisach. Franz und Renate Weiß. Er ist etwa 45 Jahre alt, sie vielleicht 20 Jahre jünger. Sie stritten sich ständig. Der Mann wurde heute morgen hier vor unserem Hotel tot aufgefunden. Kannst du mal die Auskunftssysteme checken oder bei den Kollegen in Breisach nachfragen, ob etwas über das Paar bekannt ist?"

„Klar, Casandra, Passt auf euch auf, vor allem Felix auf sich! Sicher wird sich die Sache noch klären. Sobald ich etwas habe, melde ich mich. Kann ich Max davon erzählen?"

„Ja, aber niemandem sonst. Danke dir. Ciao, Petra."

Als sie aufschaute, stand Felix vor ihr. Casandra stand auf und schloss den bedauernswerten Freund in ihre Arme.

6.

Am folgenden Morgen begleitete Casandra Felix beim Joggen. Allerdings war es später als sonst, erst nach dem Frühstück. Eigentlich war es eine fast zweistündige Strandwanderung, auf und ab. Er sollte ja in Sichtweite bleiben. Bei ihrer Rückkehr zum Pavillon warteten dort Commissario Baratto und zwei uniformierte Polizisten.

„Professore Pfeifer, ich muss Sie festnehmen. Sie werden verdächtigt, Franz Weiß getötet zu haben. Bringt ihn ins Präsidium, wenn er sich umgezogen hat."

Felix und Casandra standen wie versteinert, doch sie reagierte schnell:

„Felix, sag nichts ohne einen Rechtsanwalt und einen Übersetzer! Nur auf Deutsch, nur auf Deutsch!"

Als er sich umgezogen hatte, umarmte sie ihn, bevor ihn die Polizisten abführten. Baratto sagte noch, dass er gleich nachkomme.

„Signora Deggenforst, tut mit leid, aber alles spricht gegen ihren Partner. Auf der Tatwaffen wurden seine Fingerabdrücke gefunden. Auf dem T-Shirt die DNA des Toten."

„Commissario, das mit dem T-Shirt war ja zu erwarten. Felix erzählte von selbst den Vorfall. Darf ich wissen, was die Tatwaffe ist?"

„Noch nicht. Ich muss Herrn Pfeifer erst verhören. Wenn Sie wollen, können Sie mich heute Nachmittag, so gegen 17 Uhr, im Präsidium in Agrigent zu einem Kaffee besuchen. So privat zwischen Kollegen."

Casandra ging stundenlang den Strand auf und ab. Irgendwann kam ihr Frau Weiß entgegen, doch wendete diese ostentativ ihren Kopf zum Meer, weg von Casandra. Diese sprach die junge Witwe nicht an. Der Frau ihr Beileid zum Tod ihres Mannes auszusprechen, schien Casandra angesichts der Umstände fehl am Platz.

Die Stunden schienen sich für Casandra endlos hinzuziehen. Als es endlich soweit war, ließ sie sich von einem Taxi nach Agrigent bringen. Ihren Mietwagen zu benutzen, hatte sie einfach nicht die Nerven.

Im Polizeipräsidium fragte sie sich zu Commissario Baratto durch.

„Gut, dass Sie gekommen sind. Bevor ich mit einer deutschen Kollegin einen Kaffee trinken gehe, gleich um die Ecke ist nämlich die beste Bar mit den besten Törtchen der Stadt, muss ich Sie doch noch kurz befragen."

Er führte sie in den Verhörraum und stelle dort einen schon sitzenden Mitarbeiter vor.

„Signora Deggenforst, kennen Sie dieses Objekt?"

Er öffnete einen Karton, in dem ein etwa zwei Faust großer Steinbrocken lag. Casandra verstand, dass es sich dabei wohl um die Tatwaffe handelte. Sie schaute es sich lange an.

„Das könnte das Stück Marmor sein, das uns, Felix und mir, vor drei Tagen im Souvenirshop im Hotel zum Kauf angeboten wurde. Angeblich ein Stück einer antiken griechischen Säule. Wir schauten es uns beide genau an. Nahmen es in die Hände, drehten es hin und her. Aber wir waren skeptisch. Für ein Original schien uns der Preis zu niedrig, für eine Fälschung zu hoch. Wir verzichteten dann auf den Kauf. Wir erwarben nur ein paar Ansichtskarten. Ist das die Tatwaffe?"

„Ja. Und sie haben Recht. Es ist eine Fälschung. Auf dem Stein fanden wir die Fingerabdrücke von Herrn Pfeifer. Und Spuren von Blut des Toten. Für die Gerichtsmedizin ist es eindeutig die Tatwaffe."

„Sie müssen auch meine Fingerabdrücke gefunden haben."

„Ja, und die einer dritten Person."

„Vielleicht die der Verkäuferin."

„Das müssen wir noch klären."

„Als wir vor vier Tagen im Hotel eintrafen, war der Souvenirshop wegen Krankheit der Verkäuferin geschlossen. Zwei Tage später wurde er geöffnet. Mir schien, dass sich nach und nach einige der Hotelgäste dort einfanden und Einkäufe machten."

„Erinnern Sie sich noch, wer dort war."

„Wir, die zwei englischen Paare und Frau Weiß."

„Sind Sie sicher?"

„Ja. Als wir zwei gingen, war sie noch dort. Mir war weniger sie aufgefallen als eine ziemlich große

Gucci-Tasche, die Frau Weiß bei sich hatte. Vielleicht erinnert sich ja auch die Verkäuferin."

„Das werden wir überprüfen. Wissen Sie, wann der Laden geöffnet ist?"

„Ja, von 10 bis 13 Uhr."

„Carlo, wir überprüfen morgen Vormittag, ob der Stein aus dem Laden stammt.

Das wäre es schon, Signora Deggenforst."

Im Rausgehen flüsterte der Commissario ihr zu, unten vor dem Gebäude auf ihn zu warten. Er komme gleich nach.

Im Café Greco gab es wirklich einen sehr guten Kaffee und tolle Törtchen, diese sizilianischen Süßbomben, konnte Casandra feststellen.

„Geschätzte Kollegin, ich wollte Ihnen nur sagen, dass wir natürlich auch die Ehefrau des Toten überprüfen. Ich habe die Polizei in Deutschland um Amtshilfe zu dem Ehepaar gebeten. Gibt es ein Testament? Eine Lebensversicherung? Wenn ja, wer ist der oder die Begünstigte? Na, Sie kennen das ja alles von Ihrer Arbeit in Deutschland. Sie haben eine Tasche bei sich. Ist das Wäsche für Ihren Partner?"

„Ja. Wäsche und Lektüre. Es wäre schön, wenn man ihm das übergeben könnte."

„Das wird erledigt."

„Danke, Commissario. Danke auch für den Kaffee

und die Süßigkeit. Warum durfte ich nicht zahlen?"

„Signora, ich bin Sizilianer, ich bin der Mann."

7.

Am nächsten Tag ging Casandra nach einem späten Frühstück in den Hotelsouvenirshop. Die junge Verkäuferin wischte Staub und legte Waren aus. Glücklicherweise sprach sie etwas Deutsch, verstand es ziemlich gut.

„Signorina, erinnern Sie sich vielleicht an mich, als ich vor vier Tagen bei der Wiedereröffnung des Ladens hier war? Mein Freund und ich schauten einen Steinbrocken an, der hier neben den kleinen marmornen Figuren auslag. Ich sehe den Stein nicht mehr. Hat ihn inzwischen jemand gekauft?"

„Nein, Signora, er ist anscheinend gestohlen worden. Als ich an dem Tag wieder alles Ausgelegte wegräumen wollte, war er nicht mehr da. Mir wäre das vielleicht gar nicht aufgefallen, aber Sie und ihr Freund hatten mich ja danach befragt und den Stein in den Händen gehalten. Dabei war es ja wirklich kein wertvolles Stück. Ich hätte es, unter uns gesagt, auch nicht gekauft."

In diesem Moment trat Commissario Baratto in den

Laden.

„Buon giorno Signora, buon giorno Signorina. Ich nehme an, Signora Deggenforst, dass wir aus dem gleichen Grund hier sind. Ich berechtigterweise, aber Sie? Bitte pfuschen Sie mir nicht in mein Handwerk! Wie wäre es, wenn Sie einen Spaziergang am Strand machen. Das herrliche Wetter lädt dazu ein."

Casandra lächelte entschuldigend und verließ den Laden.

„Signorina, ich bin Commissario Baratto. Erkennen Sie diesen Steinbrocken?"

Er öffnete einen Karton und zeigte das Objekt.

„Nein, bitte nicht anfassen!"

„Commissario, das könnte das Stück sein. Aber beschwören kann ich es natürlich nicht. Es gibt so viele antike Bruchstücke oder eben nachgemachte. Vor vier Tagen hatte es noch diese Deutsche, die gerade hier war, und ihr Freund in den Händen. Sie haben es aber nicht erworben und zurückgelegt. Als ich die ausgelegte Ware später wegräumte, fehlte dieses Stück."

„Signorina, haben Sie irgend einen Verdacht, wer das Objekt entwendet haben könnte?"

„Ich habe niemanden dabei beobachtet. Sonst wäre ich ja eingeschritten. Vor Ladenschluss war noch immer eine junge deutsche Touristin hier. Sie war ziemlich lange hier. Ich hatte Sie natürlich nicht ständig in den Augen. Als ich aufzuräumen begann, kam sie mit ein paar Ansichtskarten und Sonnenschutzöl, zahlte und ging."

„Erinnern Sie sich vielleicht, wo die Deutsche das hin steckte."

„Wie kommen Sie denn da darauf, Commissario? Auf so etwas achte ich doch nicht. Aber halt, sie steckte alles in eine große Gucci-Tasche. Die war mir schon beim Eintreten der Frau aufgefallen. Ich habe nämlich nicht das Geld, um in Luxusläden einzukaufen."

„Ist das die junge Deutsche?", fragte der Commissario und zeigte der Verkäuferin ein Foto auf seinem Iphone.

„Ja, das ist sie. Ist das nicht die Frau des Toten?"

„Gut. Ich brauche noch Ihre Fingerabdrücke."

8.

Casandra ging frustriert am Meer entlang. Sie konnte Baratto keine Vorwürfe machen. Auch sie ließ sich ja nicht in ihre Arbeit pfuschen. Ihr Handy klingelte. Petra meldete sich.

„Hallo, Casandra wie steht's?"

„Hallo, Petra. Alles unverändert. Felix ist noch immer in Untersuchungshaft. Beruflich kann ich das ja verstehen, aber..."

„Casandra, ich habe den Eindruck, dass die italienischen Kollegen ihre Arbeit machen. Aus Agrigent wurde gestern bei uns um Amtshilfe gebeten. Als ich das zufällig mitkriegte, ließ ich mir das Anliegen übergeben."

„Großartig. Schon irgendwelche Hinweise."

„Das Ehepaar Weiß hat zwar vor der Heirat Gütertrennung vereinbart, aber er hat eine Lebensversicherung über 250.000 Euro abgeschlossen. Sie ist im Falle seines Todes die Begünstigte."

„Na, wenn das kein Motiv ist!"

„Ja. Frau Weiß hat, als sie heiratete, ihr Hochschulstudium abgebrochen. Hatte Biologie und Geologie studiert. Dann habe ich noch die Schwester des Toten gesprochen. Ihre erste Frage war: Hat sie ihn umgebracht? Nach kurzen Flitterwochen hätte es nur Streit zwischen den Eheleuten gegeben. Ihrer Meinung nach, nach der Meinung der Schwester von Franz Weiß, hat ihn das Flittchen, O-Ton, nur wegen seines Geldes geheiratet. Wenigstens habe ihr Bruder ein wenig auf sie, seine Schwester gehört, und Gütertrennung vereinbart."

„Gütertrennung? Spricht ja nicht gerade für Geldgier der Renate Weiß."

„Das sagte ich auch, worauf die Schwester meinte, diese Renate sei ein raffiniertes Biest. Mit ihrem Einverständnis zur Gütertrennung habe sie wohl ihre scheinbar uneigennützige Liebe zeigen wollen. Auf jeden Fall habe ihr Bruder, sagte die Schwester, ihr jüngst gegenüber schon von Scheidung gesprochen. Renate sei einfach eine kleine Hure, auf die er hereingefallen sei."

„Danke, Petra, Ich bin mir sicher, dass der hier zuständige Commissario die Ehefrau genauer unter die Lupe nimmt."

Als Casandra zur Hotelanlage zurückkehrte, wollte sich Baratto gerade in den von einer Polizistin gelenkten Dienstwagen setzen. Er sah Casandra an, zögerte einen Augenblick und winkte sie zu sich. Sie trat zu ihm und er flüsterte ihr zu:

„Ein eventueller Zeuge der Tat hat sich gemeldet. Ciao, Signora."

9.

Am Nachmittag saß Casandra vor ihrem Pavillon und versuchte mehr oder weniger vergeblich, sich auf ein Buch über die Geschichte Siziliens zu konzentrieren. Da sah sie, wie mehrere Polizeiautos vorfuhren. Sie konnte Baratto erkennen, der offensichtlich mit einer ganzen Mannschaft kam. Sie alle begaben sich ins Hotel. Casandra legte das Buch zur

Seite und ging stundenlang den Strand auf und ab. Zu einem Ausflug oder einer Besichtigung hatte sie einfach nicht den Kopf. Ihre Gedanken kreisten um Felix, der allem Anschein nach Opfer einer Intrige geworden war.

Einen Tag später rief sie Baratto am frühen Nachmittag auf ihrem Handy an. Sie könne ihren Freund aus der Untersuchungshaft abholen. Wenn es ihr recht sei, könne sie sich mit ihm, dem Commissario, vorher noch im Café Greco treffen. Er habe den Eindruck, dass sie ihn noch unbedingt zu einem Kaffee einladen wolle. Einen den sie bezahle. So um 17 Uhr, wenn es ihr recht sei.

Casandra fiel ein Stein vom Herzen. Die Zeit war auch knapp geworden. Der Urlaub ging zu Ende. Ein schöner Urlaub das! Ihr Rückflug stand für Übermorgen in Catania an.

Im Café Greco traf Baratto für italienische Verhältnisse ziemlich pünktlich ein. An der Kasse bezahlte Casandra Kaffee und Süßigkeiten für sie zwei. Der Commissario tratschte auf Sizilianisch mit dem Mann an der Bar und der Kassiererin. Casandra vermutete, dass er erklärte, warum er, ein Sizilianer, ein Mann, heute ausnahmsweise nicht bezahle. Aber deutsche Frauen....

„Liebe Kollegin, Ihr Freund hat großes Glück. Ein

Zeuge hat sich aus Palermo gemeldet, nachdem er von dem Mord in einer Zeitung gelesen hatte. Er war geschäftlich in unserer Region unterwegs gewesen, hatte im Hotel ‚Mare & Sole' übernachtet und war am Tag des Mordes am frühen Morgen abgereist. Als er ins Auto steigen wollte, hörte er einen Streit auf Deutsch, wie er annahm. Neugierig machte er ein paar Schritte zu einer Hecke und sah über sie hinweg zwei Männer. Einer in Sportkleidung joggte gerade weg. In diesem Augenblick sei eine Frau, die er aber nur von hinten gesehen habe, zu dem zurückgebliebenen Mann getreten. Weiter habe er nichts gesehen, da er zum Auto zurück gegangen und weggefahren sei. In den beiden Männern glaubt er, ihren Freund und Franz Weiß wiederzuerkennen. Beschwören könne er das aber nicht.

„Und warum wusste niemand von diesem Hotelgast?"

„Wie gesagt, er hatte dort nur die Nacht verbracht. Vielleicht haben die im Hotel schwarz das Übernachtungsgeld eingestrichen. Aber mit Wirtschaftsdelikten befasse ich mich nicht. Die Spurensicherung hat das Apartment des Ehepaars Weiß im Hotel untersucht, diesmal wirklich gründlich. Die Gucci-Tasche, die Sie und die Verkäuferin erwähnten, wurde sichergestellt. Und tatsächlich hat man in ihr Spuren des Steinbrockens entdeckt."

„Gratuliere, Commissario. Gute Arbeit. Was sagt

Frau Weiß dazu?"

„Wie üblich. Anfangs wurde alles bestritten. Aber angesichts der Beweise! Ich habe natürlich nicht erzählt, dass der Zeuge die Frau nur kurz von hinten gesehen hat. Wir haben Frau Weiß stundenlang verhört. Irgendwann ist sie eingebrochen und gestand den Mord."

„Danke, für Ihr Vertrauen, Commissario. Aber genug mit dieser Frau, die fast meinen Felix auf dem Gewissen hat."

„Kommen Sie! Wir holen ihn jetzt aus der Untersuchungshaft ab."

Auf dem Weg dorthin fragte Baratto, ob sie denn irgendwann wieder einmal nach Agrigent komme. Dann, um unbeschwert den Urlaub zu Ende zu bringen.

„Ich glaube, vorerst werden wir das nicht vorhaben. Warum kommen Sie nicht nach Freiburg? Eine schöne Stadt mit dem Schwarzwald im Rücken."

„Mit oder ohne meine Ehefrau?"

10.

Casandra und Felix saßen in einem Café im Flughafengebäude Catania, tranken ihren letzten

Originalcappuccino und warteten auf die Anzeige zum Check-in.

„Was für eine kriminelle Energie hat diese Renate Weiß", meinte Felix. „Ein wirklich böses Mädchen."

„Ich finde ihr Verhalten einfach obszön."

„Obszön, Casandra?"

„Dass jemand den Ehepartner umbringt, ist ja wirklich nicht selten. Eifersucht, Geldgier. Das kann ich verstehen, wenn auch natürlich nicht billigen. Doch die eigene Untat einem völlig Unschuldigen in die Schuhe schieben zu wollen, das ist obszön, obszön, obszön."

„Wie Recht hatte ich, dieses Luder auf Abstand zu halten."

„Tja, pass weiterhin mit deinen Studentinnen auf!"

„Du weißt doch, dass ich auf eine reife Frau stehe. Schade, dass wir durch dieses Schlamassel um Palermo gekommen sind. Den normannischen Dom in Monreale muss man einfach gesehen haben. Wie wäre es nächstes Jahr damit?"

„Nein, nein! Da fahren wir nach Griechenland. Und kein Hotel oder Feriendorf mit Touristen! Nur meine griechischen Verwandten als Gastgeber."

„Ja, alle Welt weiß, wie friedfertig die Griechen sind. Schon in der Antike nur pazifistisches Verhalten. Von Medea, Penthesilea und ein paar anderen mal abgesehen."

„Lieber Felix, du weißt doch: In mir fließt nur zu einem Viertel griechisches Blut."

Sie umarmten und küssten sich – und wurden zum Check-in aufgerufen.

Ende

Opferlamm

1.

Kriminalkommissarin Petra Weiling steckte ihren Kopf zur offenen Tür ihrer Vorgesetzen hinein.

„Casandra, wir haben eine Leiche. Eine Streife hat gerade angerufen. Augenscheinlich ein Kapitaldelikt. Messer in der Brust."

„Ok, Petra. Alarmier die KT. Wo ist Max?"

„Der hat doch einen Zahnarzttermin."

„Ah ja, hatte ich vergessen. Ich komme gleich."

Im Wagen sagte Petra, dass sie in den Stadtteil Landwasser führen. Es handle sich um eine männliche Leiche.

Vor dem Mietshaus parkte ein Streifenwagen, in dessen Nähe sich eine Schar meist jugendlicher Gaffer angesammelt hatte. Ein uniformierter Kollege, der Neugierige vom Betreten des Gebäudes hinderte, teilte den Kriminalkommissarinnen mit, dass es in den vierten Stock ginge. Seine Kollegin sei oben.

Einen Fahrstuhl gab es nicht. Sie kletterten die vielen Stufen hoch. Die Polizistin stand vor einer halb offenen Tür und schickte Neugierige weg.

„Guten Tag, Kollegin", sagte Casandra. „Sind wir die ersten? Ja? Ok. Die KT-Kollegen müssten demnächst kommen. Lassen Sie uns reinsehen. Was können Sie uns sagen?"

Drinnen berichtete die Polizistin, die Bewohnerin der

Nachbarwohnung, eine Frau Haller, habe die Polizei alarmiert. Sie habe die Tür des Ehepaars Müller halb offen stehen sehen, habe geklopft, nach ihrer Freundin, Amalia Müller gerufen, aber niemand habe sich gemeldet. Sie sei dann in die Wohnung getreten und habe dort in der Küche den leblosen Herrn Müller mit einem Messer in der Brust liegen gesehen. Da sei sie in ihre Wohnung zurück und habe die Polizei angerufen. Die beiden Kommissarinnen gingen in die Küche, warfen einen Blick auf den Mann. Casandra legte ihm eine Hand an den Hals. Der Körper war kalt. Sie gingen wieder aus der Wohnung und sagte zu der uniformierten Kollegin:

„Passen Sie weiter auf, dass kein Unbefugter hineingeht! Wir werden mit der Nachbarin sprechen."

Diese hatte offensichtlich durch einen Türspalt geschaut und gelauscht, denn sie öffnete sofort die Tür und bat die beiden Kriminalkommissarinnen einzutreten. Diese wiesen sich aus, verzichteten auf ein angebotenes Getränk.

„Wir sind informiert worden, dass Sie den Toten gefunden haben und die Polizei alarmierten. Haben Sie in der Wohnung etwas angerührt?", fragte Casandra.

„Nein, natürlich nicht. Das weiß man doch aus Krimis, dass das zu unterbleiben hat."

„Gut. Ist Ihnen gestern Abend, heute Nacht oder heute Vormittag etwas Besonderes aufgefallen?

Von der offenen Tür abgesehen."

„Nein. Ich war gestern Abend auf dem kleinen Fest im Pfarrgemeindesaal. Amalia, ich meine Frau Müller, ist ja Pfarrhaushälterin und hat das Fest mit organisiert. Nach Schluss, so gegen 22 Uhr, habe ich und ein paar andere noch beim Aufräumen geholfen. Dann sind wir zusammen nach Hause gegangen. Dabei habe ich ihr wie so oft zuvor ins Gewissen geredet."

„Was betreffend?"

„Na, das wissen doch alle hier. Dieser Bruno, ihr Mann, der drüben in der Küche liegt, hat sie seit Jahren gedemütigt, geschlagen, misshandelt. Seit langem habe ich sie aufgefordert, den Kerl bei der Polizei anzuzeigen. Am besten sollte sie ihm unverzüglich den Laufpass geben. Aber nein! Im Guten wie im Bösen müsse man zum Ehepartmann halten, wiederholte sie immer wieder. Eine Scheidung komme nicht in Frage für sie als Katholikin. Aber trennen dürfen sich doch Katholiken, nicht wahr? Aber nein, Amalia wollte auch das nicht. Und jetzt ist dieses Scheusal tot. Geschieht ihm recht. Eh, es war doch nicht etwa Amalia? Unmöglich, dass dieses Opferlamm dazu fähig gewesen ist."

„Frau Haller, wo könnte Frau Müller denn jetzt sein?"

„Normalerweise um diese Uhrzeit im Pfarrhaus oder in der Kirche. Schauen Sie aus dem Fester! Da sehen

Sie den Kirchturm. Daneben steht das Pfarrhaus samt Gemeindesaal."

„Frau Haller, waren Sie manchmal zu Besuch nebenan?"

„Klar doch. Wir sind doch Freundinnen. Aber natürlich nur dann, wenn dieser Widerling von Mann nicht zu Hause war."

„Welcher Arbeit ging er denn nach?"

„Der? Der war seit etwa drei Jahren arbeitslos. Um einen neuen Job hat er sich nicht gekümmert. Der saß meist in der Kneipe und versoff das Geld, das Amalia verdiente."

„Danke, Frau Haller. Das war es für den Augenblick. Guten Tag."

2.

Minuten später standen sie vor dem Pfarrhaus, aber niemand reagierte auf ihr Klingeln an der Haustür. Sie gingen zur Kirche nebenan. Beim Eintreten schon sahen sie einen bejahrten Priester, der am Mikrofon am Lesepult hantierte. Die Kriminalkommissarinnen stellten sich vor.

„Ich bin Pfarrer Heißner. Ich nehme an, Sie suchen Frau Müller."

„Wie kommen Sie darauf?"

„Nun, sie kam vorher völlig aufgelöst hier in die Kirche, fand mich gerade in der Sakristei und erzählte, sie habe ihren Mann erstochen. Ich glaubte ihr kein Wort. Ich bat sie, sich zu setzen und sich zu beruhigen. Dann würden wir weiter sprechen. Und jetzt die Kriminalpolizei! Was ist denn vorgefallen?"

„Herr Pfarrer, wir kommen auf Sie zurück", sagte Casandra. „Zunächst müssen wir mit Frau Müller sprechen. Wo geht es zur Sakristei?"

„Dorthin. Ich bringe Sie gerne hin."

„Nein, danke. Wir wollen mit Frau Müller allein sprechen."

Die zwei Kommissarinnen warfen sich fragende Blicke zu und traten dann in die Sakristei. Auf einer Bank sahen sie eine zusammengesunkene Gestalt. Als diese den Kopf hob, starrte ihnen ein fahles, offenbar übernächtigtes Gesicht entgegen. Die zwei stellten sich vor. Frau Müller erhob sich unsicher, streckte ihnen dann die Arme entgegen und flüsterte: „Nehmen Sie mich fest! Ich habe meinen Mann getötet."

„Wie und wann?", fragte Petra.

„Gestern, am späten Abend. Mit einem Küchenmesser."

„Und warum?"

„Ich habe es nicht mehr ausgehalten. Seine Schläge, seine Grausamkeiten. Er hat mich mehrmals vergewaltigt. Gestern versuchte er es erneut."

„Petra, fordere einen Streifenwagen an und bring Frau Müller ins Präsidium! Ich komme nach. Ich will noch mit dem Pfarrer sprechen."

Sie gingen in die Kirche zurück, und Petra führte Frau Müller hinaus. Ungläubig sah der Pfarrer seiner Haushälterin nach. Er hatte sich in eine Kirchenbank gesetzt und schien völlig erschüttert zu sein. Casandra setzte sich zu ihm.

„Herr Pfarrer, ich weiß um das Beichtgeheimnis. Hat Ihnen Ihre Pfarrhaushälterin heute gebeichtet?"

„Nein, Frau Müller tat das regelmäßig als praktizierende Katholikin. Aber heute beichtete sie nicht, sondern erzählte mir, was ich Ihnen vorhin sagte. Daher konnte ich es Ihnen ja mitteilen."

„Seit wann arbeitet Frau Müller für Sie?"

„Seit etwa drei Jahren. Ihr Mann wurde damals arbeitslos, meine damalige Haushälterin war bei einem Unfall ums Leben gekommen, und Frau Müller hat sich um die Stelle beworben. Sie hat zu meiner vollsten Zufriedenheit gearbeitet und sich auch sehr schön in die Gemeindearbeit eingebracht."

„Sie kennen Frau Müller also gut?"

„Ja. Vielmehr bildete ich mir das bis heute ein. Ich kann mir einfach nicht vorstellen, dass sie ihren Mann getötet hat. Ist er denn wirklich gewaltsam ums Leben gekommen?"

„Ja."

„Trotzdem, ich kann mir Frau Müller einfach nicht als Täterin vorstellen. Sie war eine wahre Märtyrerin, ein wahres Opferlamm. Sie müssen wissen: Ihr Ehemann hat sie seit Jahren misshandelt, sie geschlagen. Und Schlimmeres."

„Schlimmeres?"

„Ich habe schon zu viel gesagt. Das hat mir Frau Müller gebeichtet. Darüber muss ich schweigen."

„Wie haben Sie reagiert?"

„Die Schläge waren in der ganzen Gemeinde bekannt. Oft sah man es ihr ja äußerlich an. Zum Beispiel hatte sie immer wieder einmal ein blaues Auge oder Blutergüsse."

„Haben Sie darauf reagiert?"

„Ich suchte den Ehemann zweimal in der Wohnung auf. Ich wollte ihm ins Gewissen reden. Aber er hat mich jedes Mal aus der Wohnung geworfen, mehr oder weniger handgreiflich. Und ich empfahl Frau Müller wiederholt, zur Polizei zu gehen. Aber sie weigerte sich. Was kann man in seinem solchen Fall tun?"

„Und Sie können sich wirklich nicht vorstellen, dass ein Opferlamm irgendwann so verzweifelt ist, dass es, vielleicht kopflos, doch zurückschlägt?"

„In diesem Fall eigentlich nicht. Aber Sie wissen sicherlich aus Ihren beruflichen Erfahrungen wie ich aus den meinen, dass am Ende bei uns Menschen nichts, aber auch gar nichts ausgeschlossen werden kann. Weder bei den andern, noch bei uns selbst."

Casandra konnte nur bejahend nicken.

3.

Nach ihrer Rückkehr ins Präsidium verhörte Casandra zusammen mit Petra die mutmaßliche Täterin. Diese blieb bei ihrer Aussage, dass sie ihren Ehemann nach ihrer Rückkehr vom Pfarrfest getötet habe. Er sei wie so oft angetrunken gewesen und habe versucht, sie wieder einmal zu vergewaltigen. Sie sei in die Küche geflüchtet, er ihr gefolgt. Bei ihren Abwehrversuchen habe sie unbeabsichtigt das Messer mit der Hand berührt und reflexhaft zugestochen.

„Und dann?", fragte Petra.

„Er fiel zu Boden. Ich dachte zuerst, ich hätte ihn verletzt, kam zur Besinnung und wollte ihm helfen. Aber dann sah ich, dass er tot war. Also, er rührte sich nicht mehr. Ich war im Schockzustand."

„Warum riefen Sie nicht einen Notarzt herbei? Warum nicht die Polizei?"

„Ich sagte doch schon, dass ich völlig geschockt war. Fassungslos über meine Tat. Ich hatte seine Übergriffe jahrelang still geduldet. Und jetzt? Was hatte ich nur getan? Ich saß lange, sehr lange neben ihm auf dem Küchenboden, wohl die ganze Nacht. Ich begriff immer noch nicht, wie ich das hatte tun können. Wäre ich nicht in die Küche geflüchtet, hätte da nicht zufällig das Messer auf dem Küchentisch gelegen, wäre ich nicht zufällig daran gestoßen.... Heute morgen dann wusch ich mich flüchtig, ich hatte ja Blut an den Händen. Auf meiner Kleidung waren Blutflecken. Ich zog mich um und ging zu Pfarrer Heißner. Ich wollte erst die Tat beichten. Dann sollte die Polizei alarmiert werden."

„Sie haben aber nicht gebeichtet, sagte der Pfarrer zu mir", meinte Casandra. „Warum nicht?"

„Mir wurde auf dem kurzen Weg klar, dass ich die Tat nicht bereuen konnte. Mir konnte diese Sünde nicht vergeben werden. Letztlich, wenn ich ehrlich zu mir bin, ist sie eine Erlösung. Also erzählte ich Pfarrer Heißner einfach alles. Er sagte, ich solle in mich gehen und nochmals alles überdenken. Dann wolle er nochmals mit mir reden. Bevor es dazu kam, trafen Sie beide ein."

„Ließen Sie absichtlich die Wohnungstür offen stehen, Frau Müller?"

„Habe ich das? Ich kann mich nicht mehr daran erinnern. Ich war wohl noch immer in Schockzustand und habe es vermutlich einfach vergessen. Offensichtlich ja auch meine Hausschlüssel. Denn als ich vorhin alle Taschen leeren musste, waren die nicht da."

„Frau Müller", sagte Casandra, „sind Sie sicher, dass sie keinen Rechtsanwalt wollen? In Ihrem Fall wäre das wirklich angebracht."

„Nein, ich brauche keinen Rechtsanwalt. Ich bin schuldig. Einfach schuldig."

„Gut, das Verhör ist beendet. Aber gut möglich, dass wir Sie später noch einmal verhören. Jetzt werden Sie dem Haftrichter vorgeführt und kommen in Untersuchungshaft."

Als Max vom Zahnarzt zurückkam, informierten ihn die Kolleginnen zu dem Fall.

„Na endlich einmal eine eindeutige Sache. Und die geständige Täterin schon gefasst. Was wollt ihr mehr? Ihr guckt so skeptisch drein."

„Lieber Max", meinte Petra, „zu eindeutig und zu kraus. Warum verbringt sie die ganze Nacht neben einem Toten in der Küche? Und warum jetzt die Untat, nachdem sie offenbar viele Jahre unter diesem Kerl gelitten hat?"

„Na, irgendwann bringt ein Tropfen das Fass zum Überlaufen."

„Irgendwie stimmt da was nicht", sagte Casandra. Meine Ahnungen haben mich selten betrogen. Jetzt warten wir einfach die Ergebnisse der

Spurensicherung und Gerichtsmedizin ab."

Die Ergebnisse gab es am späten Nachmittag. Auf dem Messergriff waren Fingerabdrücke von Frau Müller. An ihrer Kleidung Flecken des Blutes ihres Mannes. In der Wohnung neben den zu erwartenden Spuren des Ehepaars auch welche der Nachbarin und der Unbekannter.

Der Gerichtsmediziner Dr. Sommer meldete sich kurz vor Dienstschluss telefonisch:

„Der eine Stich ins Herz ist tödlich gewesen. Der Stich wurde mit der linken Hand ausgeführt."

„Von einem Linkshänder also?", fragte Casandra.

„Vermutlich. Aber nicht auf jeden Fall. Auch Rechtshänder können mit der linken Hand zustechen, auch wenn das nicht wahrscheinlich ist. Aber im Effekt ist alles möglich."

„Frau Müller ist Rechtshänderin. Sie hat ihr Geständnis mit rechts unterschrieben."

„Was nichts beweist. Viele Linkshänder wurden von Eltern und Lehrern angehalten, mit der rechten Hand zu schreiben. Hat die Technik die Fingerabdrücke nicht kontrolliert, mit welcher Hand das Messer gehalten wurde?"

„Das muss natürlich sofort überprüft werden. Danke Herr Dr. Sommer."

Casandra hatte das Telefon auf laut geschaltet. Alle

waren wie elektrisiert. Aber die Spurensicherungs-
kollegen waren schon nach Hause gegangen. Casandra war dagegen, sie zurückzurufen. Morgen sei
das aber das Erste, was getan werden müsse.

4.

Im Lauf des nächsten Tags wurde Casandra mitgeteilt, dass die Tatwaffe den Fingerabdrücken zu Folge
mit der rechten Hand geführt worden war.
„Wir fahren mit Frau Müller in die Wohnung und
stellen den Tatverlauf nach. Du, Max, spielst den
Ehemann. Keine Angst, wir nehmen ein Gummimesser mit!"
Gesagt, getan. Vor dem Aussteigen ließ Casandra
Frau Müller die Handschellen abnehmen. Sie sollte
nicht vorgeführt werden, falls man Hausbewohnern
begegnete.
Oben in der Wohnung traten alle rasch ein, bevor die
Nachbarin neugierig herausschauen konnte.
„So, Frau Müller. Jetzt beschreiben Sie uns bitte genau, was an diesem späten Abend vorgefallen ist"!
„Als ich in die Wohnung trat, saß Bruno angetrunken im Wohnzimmer im Sessel. Er raunzte mich an,
warum ich so spät nach Hause komme. Dann stand
er auf, begrapschte mich und griff mir unter den

Rock. Mir war klar, worauf das hinaus laufen sollte."

„Ok. Das, Max, brauchen wir nicht nachzustellen. Wie ging es weiter, Frau Müller?"

„Ich flüchtete in die Küche, und er mir hinterher. Ich wollte die Küchentür von innen abschließen, aber ich kam nicht mehr dazu. Er drängte zur Tür herein, ich wich zurück, bis ich an den Küchentisch stieß. Er hob mich rauf, so dass ich mit dem Rücken auf dem Tisch lag. Da berührte meine Hand das Messer und ich ergriff es. Er stand vor mir und ich stieß zu. Nein, nicht ich, meine Hand."

„Ok. Hier ist ein Gummimesser. Wo etwa lag es auf dem Tisch? Hier?"

„Ich denke ja. Da etwa. Aber 100-prozentig sicher bin ich mir da nicht."

„Gut. Mein Kollege schlüpft jetzt in die Rolle ihres Mannes und setzt Sie auf den Tisch. Und jetzt greifen Sie nach dem Gummimesser und stoßen Sie zu! Sie können meinen Kollegen damit nicht verletzen."

Frau Müller tastete nach dem Messer und stieß es auf die Brust von Max. Sie hielt das Messer in der rechten Hand.

„Könnte es so gewesen sein, Frau Müller?"

„Ja, so könnte es gewesen sein. Warum machen wir das alles?"

„Sie sind Rechtshänderin und haben mit der rechten Hand das Messer ergriffen."

„Beschwören kann ich das nicht. Vielleicht lag das Messer auch auf der anderen Seite, und ich habe es mit der linken Hand berührt und ergriffen. Ich war im Schockzustand. Vielleicht war es die linke Hand. Ist das denn so wichtig?"

„Nun, die Spurensicherung hat nachgewiesen, dass auf dem Messer Fingerabdrücke ihrer rechten Hand sind. Laut Obduktion spricht aber vieles dafür, dass ein Linkshänder die Waffe geführt hat."

Frau Müller sah Casandra verwirrt an. Man sah, dass es in ihr arbeitete. Sie stammelte:

„Ich erinnere mich nicht mehr daran, mit welcher Hand ich zugestoßen habe. Vielleicht ja mit der Linken, wenn das Messer links von mir lag. Als Rechtshänderin hätte ich es dann vermutlich später in die rechte Hand genommen. Ich weiß nicht mehr. Ich war im Schockzustand."

„Frau Müller, ist es vielleicht nicht so, dass ein Dritter oder eine Dritte die Tat ausgeführt hat? Dass Sie den Messergriff gesäubert und dann angefasst haben, damit ihre Fingerabdrücke drauf sind? Wen decken Sie? Für wen opfern Sie sich?"

Frau Müller hatte auf den Boden geblickt, hob langsam den Kopf und wiederholte:

„Ich habe meinen Mann getötet?"

Casandra seufzte und bat Max eine Streife anzufordern, die Frau Müller in die Untersuchungshaft zurückbringen solle.

5.

Nachdem Frau Müller von einer Streife abgeholt worden war, setzten sich die Kommissare um den Küchentisch, auf dem noch das Gummimesser lag.

„Ich denke, du hast Recht, Casandra", sagte Petra. „Offenbar deckt Frau Müller jemanden. Doch wen? Und ist er oder sie Linkshänder?"

„Wen schützt man wohl?", fragte Max und gab gleich die Antwort: „Jemand, den man liebt, der oder die einem besonders am Herzen liegt. Vielleicht hat die gute Katholikin einen Liebhaber. Angesichts des scheußlichen Ehemanns nur zu verständlich."

„Möglich, Max, aber eben Spekulation. Wir drei werden die ganze Wohnung auf den Kopf stellen. Unsere Spurensicherung war zwar schon da, doch die wusste noch nicht, wonach sie suchen sollte. Wir glauben es zu wissen", sagte Casandra.

„Ich bin mehr als skeptisch, dass wir etwas finden. Stellt euch vor, diesem Ehemann wäre etwas Verräterisches in die Hände gefallen", warf Petra ein. „Trotzdem! Einen Versuch ist es wert."

Wie befürchtet, wurde auch nicht der kleinste Hinweis auf einen Dritten gefunden. Die fremden

Fingerabdrücke, die die Spusi entdeckt hatte, waren ja leider niemandem zuzuordnen.

„Ok", sagte Casandra. „Ihr beide befragt die Nachbarin und alle im Haus, ob denen etwas in diese Richtung aufgefallen war, ob Frau Müller irgend etwas andeutete. Ich werde mir nochmals den Pfarrer vornehmen. Bis später."

Die Kommissarin fand ihn im Pfarrhaus. Er entschuldigte sich für die Unordnung, aber seine Haushälterin fehle ihm einfach. Einen Tee könne er ihr aber anbieten. Wasser könne er schon allein heiß machen.

„Nein, danke, Herr Pfarrer. Ich bin gekommen, um mit Ihnen nochmals über Frau Müller zu sprechen."

„Wo ist sie denn?"

„In Untersuchungshaft. Sie beharrt weiter darauf, ihren Mann getötet zu haben. Sozusagen in Notwehr. Dafür gibt es neben ihrer Selbstbezichtigung auch Indizien. Aber es gibt auch Indizien, die dagegen sprechen. Wir haben einige Zweifel, dass Frau Müller die Täterin ist. Die Frage an Sie, Herr Pfarrer: Gibt es jemand im Leben ihrer Haushälterin, der oder die von ihr gedeckt wird. Eine Person, die ihr so am Herzen liegt, dass sie sich für sie opfern will?"

Pfarrer Heißner starrte vor sich hin und schwieg lange. Endlich hob er den Kopf und blickte Casandra an.

„Wie ich Ihnen schon sagte, Frau Deggenforst, über

das, was Frau Müller mir gebeichtet hat, darf ich nichts sagen. Mich bindet das Beichtgeheimnis. Ich hatte ja schon gesagt, dass ich mit Ihnen skeptisch bin, dass eine Frau wie sie ihren Mann umgebracht haben sollte."

„Herr Pfarrer, ich sehe schon: Was Sie mir sagen, hilft mir nicht weiter. Und was mir vielleicht weiter helfen würde, dürfen Sie mir nicht sagen. Ich hoffe nur, dass nicht am Ende eine Unschuldige ins Gefängnis muss. Hören Sie, Herr Pfarrer! Wären Sie bereit, selbst einen letzten Versuch zu machen und mit Frau Müller zu sprechen. Unter vier Augen. Vielleicht können Sie sie ja doch überzeugen oder überreden, mit der Polizei zu sprechen."

Pfarrer Heißner sagte zu. Heute habe er noch Termine, aber morgen würde er es gerne versuchen. Auch wenn er nicht sehr optimistisch sei.

Am Nachmittag setzten sich die drei im Büro um den Konferenztisch. Casandra äußerte die Vermutung, das der Pfarrer im Beichtstuhl etwas erfahren habe. Nämlich etwas zur Person, für die Frau Müller bereit sei, ins Gefängnis zu gehen. Vielleicht ein Liebhaber, der sie von ihrem Ehemann erlösen wollte.

Petra und Max waren bei ihren Nachforschungen nicht fündig geworden. Eine der Befragten munkelte, vielleicht habe sie ein Verhältnis mit dem Pfarrer.

„Aber der ist doch steinalt", hielt Petra Max vor. „Ja, wenn es ein junger, knackiger Priester wäre."

„Du hast ja Recht", gab er ihr zu. „Und wenn wir uns an die Öffentlichkeit wenden mit dem Foto von Frau Weiß und um Hinweise bitten?"

„Etwa: Wer kennt den Liebhaber dieser Frau?", sagte Casandra sarkastisch. „Nein, auch anders formuliert können wir das nicht machen. Wir würden sie damit brandmarken. Wir können nur hoffen, dass Pfarrer Heißen etwas erreicht, wenn er sie morgen ins Gebet nimmt. Ich muss jetzt mit dem Staatsanwalt sprechen und ihn um etwas Geduld bitten, auch wenn wir nichts Neues haben. Ich habe den Eindruck, dass für ihn Frau Müller mit ihrem Geständnis die Schuldige ist und er den Fall abschließen möchte."

6.

Als Casandra am nächsten Morgen ins Büro trat, sprang ihr Petra entgegen.

„Pfarrer Heißner ist tot! Man hat ihn heute früh in Merzhausen mit eingeschlagenen Schädel aufgefunden!"

Casandra sah die Kollegin entgeistert an.

„Er ist offenbar ausgeraubt worden, doch sein Personalausweis und seine Hausschlüssel steckten in einer kleinen Seitentasche seiner Jacke und wurden möglicherweise übersehen. Gibt es da etwa einen Zusammenhang mit dem Fall Müller?"

„Keine Ahnung, Petra. Unterlassen wir zunächst alle Spekulationen. Wo ist Max?"

„Der fährt schon direkt dort hin. Er hatte etwas verschlafen. Ich habe ihn zu Hause erreicht."

Als sie in Merzhausen eintrafen, war Max schon vor Ort. Uniformierte Kollegen hatten den Fundort der Leiche abgesperrt. Es handelte sich um einen kleinen, dunklen Hinterhof. Fast gleichzeitig trafen die Kollegen von der Kriminaltechnik ein. Die Kommissarinnen warfen einen Blick auf den Toten. Sie erkannten ihn als Pfarrer Heißner. Max zeigte ihnen den Ausweis und die Schlüssel. Einer der Streifenpolizisten trat hinzu und sagte:

„Im Haus vorne ist ein Backshop. Offenbar hat jemand versucht, die Tür aufzubrechen. Zum Einbruch selbst kam es nicht. Vielleicht hatte ihn der Tote überrascht, denn es gibt Schleifspuren bis zum Fundort der Leiche. Aber unsere Kriminaltechniker werden das sicher genauer sagen können."

„Danke, Kollege. Wer hat euch denn alarmiert?"

„Die Verkäuferin der Bäckerei. Sie hatte als erstes heute früh Müll in den Container gebracht. Dabei sah sie die Leiche."

„Die Straße vorne, woher und wohin führt die?",

fragte Max.

„Von Wohnhäusern Richtung Hauptstraße, direkt zu einer Bushaltestelle."

Die Kommissare sprachen mit dem Gerichtsmediziner, der eine erste flüchtige Untersuchung des Toten vorgenommen hatte.

„Vermutlicher Todeszeitpunkt gestern zwischen 22 und 23 Uhr. Er hat offensichtlich einen Schlag ins Gesicht bekommen. Das Nasenbein ist gebrochen. Möglicherweise fiel er nach hinten und schlug sich den Hinterschädel ein. Der Fundort ist sicher nicht der Tatort. Sie sehen ja auch diese zum Teil blutigen Schleifspuren."

Einer von der Spurensicherung, der gerade herzugetreten war, bestätigte das.

„Wir haben vor der Eingangstür der Bäckerei Blutspuren auf einer Stufe gefunden. Könnte sein, dass das Opfer dort mit dem Hinterkopf aufgeschlagen war. Danach könnte der Körper hierher in diesen dunklen Winkel hinter den Müllcontainer geschleift worden sein. Wertsachen haben wir beim Toten nicht gefunden. Uhr, Geldbörse, Scheckkarte, Handy – nichts davon da. Spricht für einen Raubüberfall."

„Vielleicht war es wirklich nur ein unglücklicher tödlicher Sturz", meinte Petra. „Oder jemand wollte es nach einem Raubüberfall mit unglücklichem Sturz aussehen lassen. Wäre das nicht ein kurioser Zufall, dass man zuerst einen Toten in der Wohnung der Pfarrhaushälterin findet und zwei Tage später den Pfarrer, dem sie gebeichtet hatte? Der möglicherweise mehr wusste als wir zusammen?"

„Wir schließen nichts aus, Petra", sagte Casandra. „Ihr beide kümmert euch zuerst hier um alles. Also die Bäckereiverkäuferin und die Bewohner der umliegenden Häuser. Vielleicht ist ja jemand etwas gestern Abend aufgefallen. Wenn ihr fertig seid, treffen wir uns in der Pfarrwohnung. Max, kannst du mir die Schlüssel geben."

„Du fährst jetzt in die Wohnung?"

„Nein, ich suche zuerst Frau Müller in der U-Haft auf. Vielleicht bringt sie ja die Nachricht vom gewaltsamen Tod des Pfarrers zum Sprechen."

7.

„Sie schon wieder?"

Frau Müller sah unwirsch auf, als Casandra in die Zelle trat.

„Ja, ich noch einmal. Es gibt dafür aber auch einen triftigen Grund?"

Frau Müller sah sie ungläubig an.

„Ich muss Ihnen eine traurige Mitteilung machen. Heute früh wurde Pfarrer Heißner tot aufgefunden. Er wurde Opfer einer Gewalttat.“

Frau Müller sprang entsetzt auf und starrte die Kommissarin an.

„Was ist passiert?“, stammelte sie schließlich.

„Genaue Einzelheiten wissen wir noch nicht. Die Spurensicherung und die Gerichtsmedizin müssen noch ihre ganze Arbeit machen. Aber eindeutig ist schon, dass jemand auf Pfarrer Heißner eingeschlagen hat und er mit einer tödlichen Schädelwunde aufgefunden wurde. Ich nehme an, dass Sie den Pfarrer schätzten. Sie waren seine langjährige Haushälterin. Darf ich Ihnen mein Beileid aussprechen.“

Frau Müller hatte sich wieder gesetzt, ihr Gesicht in beide Hände gelegt und weinte.

Casandra reichte ihr ein Papiertaschentuch. Es dauerte eine ganze Weile, bis Frau Müller danach griff, ihre Tränen abwischte und zu Casandra aufschaute. Aber sie sagte kein Wort.

„Frau Müller, Pfarrer Heißner ist gewaltsam ums Leben gekommen. Er wusste Dinge, die sie ihm gebeichtet haben. Dinge, die sie, so vermute ich, der Polizei nicht anvertrauen wollen. Gehen Sie bitte in sich! Sind Sie sicher, dass Sie uns nicht noch etwas zum Tod Ihres Mannes sagen wollen?“

Sie schüttelte nur den Kopf.

„Frau Müller, ein Priester darf das Beichtgeheimnis nicht verletzen. Aber sie können jederzeit erzählen, was sie Pfarrer Heißner anvertraut haben."

„Nein, ich habe schon alles gesagt. Ich habe meinen Mann getötet."

Casandra schüttelte den Kopf und verließ frustriert die Zelle.

Auf der Fahrt zum Pfarrhaus überlegte sie sich, ob sie Frau Müller nicht hätte fragen sollen, was der Pfarrer in Merzhausen zu suchen hatte. Doch sie hatte ihr keine Einzelheiten erzählen wollen. Das könnte sie immer noch nachholen. Vor dem Pfarrhaus angekommen, informierte Casandra die Kollegen, dass die zwei herfahren könnten, wenn alles in Merzhausen erledigt worden sei. Sie öffnete die Pfarrwohnung und machte sich an die Arbeit. Vielleicht gab es ja irgendeinen Hinweis, womöglich zu beiden Todesfällen. Sie wurde bei der Suche schnell fündig. Auf dem Schreibtisch des Pfarrers fand sie ein Adressbuch mit dem Namen Susi Pfister, eine Telefonnummer und eine Adresse in Merzhausen. Sie wählte die Nummer. Eine Frauenstimme antwortete:

„Hallo, Onkel Georg. Alles in Ordnung?"

„Hallo, hier ist Kriminalhauptkommissarin Deggenforst. Darf ich fragen wer Sie sind."

„Himmel, was haben Sie in der Wohnung meines Onkels zu suchen? Ist ihm was passiert?"

„Sie sind die Nichte des Pfarrers?"

„Ja. Was ist passiert?"

„Es tut mir Leid, Frau Pfister, aber wir haben Ihren Onkel tot aufgefunden. Mein Beileid. Können Sie mir bitte sagen, wann Sie ihn zuletzt gesehen haben?"

„Er war gestern Abend zum Abendessen bei uns in Merzhausen. Das tat er ein, zwei Mal im Monat."

„Und wann verließ er Sie?"

„So gegen halb elf. Er wollte den Bus nach Freiburg nicht verpassen. Aber warum Kriminalpolizei?"

„Frau Pfisterer, das möchte ich nicht am Telefon erläutern. Eine Kollegin wird in Kürze zu Ihnen kommen und mit Ihnen sprechen. Bitte bleiben Sie zu Hause. Nochmals mein Beileid."

Casandra telefonierte mit Petra, die mit Max noch in Merzhausen war. Sie informierte sie über ihren Fund, das Telefongespräch und gab ihr die Adresse der Nichte.

„Sprich bitte mit ihr. Den Tod ihres Onkels habe ich schon mitgeteilt, aber keine Einzelheiten erzählt. Sie weiß noch nicht, dass er gewaltsam ums Leben gekommen ist. Vielleicht ahnt Sie es es ja, nachdem die Kripo angerufen hat. Wenn Du und Max fertig seid, ruft mich an. Vielleicht bin ich ja dann schon wieder im Präsidium. Bis später."

8.

Casandra saß frustriert an ihrem Büroschreibtisch.
Sie wartete auf das Eintreffen von Petra und Max.
Die hatten sich noch nicht gemeldet, was sicherlich
hieß, dass es nichts interessantes Neues gab. Endlich
griff sie zum Telefon und erreichte Felix auf seinem
Handy.

„Hallo, Felix, kannst du mich heute Abend beko-
chen? Du musst mich moralisch aufbauen. Ich füh-
le mich ziemlich mies. Warum? Das erzähle ich dir
heute Abend. Kann ich kommen? Du bist ein Schatz.
Bis später. Ciao."

Am Nachmittag trafen endlich die beiden Kriminalkommissare ein.

„Die Nichte des Pfarrers war am Boden zerstört, als
ich ihr den gewaltsamen Tod des Onkels mitteilte",
berichtete Petra. „Sie erzählte, was sie dir schon am
Telefon gesagt hatte. Es sei ein ganz normaler Abend
gewesen. Man habe zusammen gegessen, dann mit
den Kindern Karten gespielt und sich noch unterhalten, nachdem die Kinder schlafen gegangen seien.
Dass Frau Müller in Untersuchungshaft sei, habe ihr
der Onkel schon am Vortag mitgeteilt."

„Und hat er mit der Nichte über den Tod von Bruno Müller geredet?"

„Nur die Tatsache, dass er getötet worden sei. Sie, die Nichte, habe Frau Müller bei ihrem Onkel kennengelernt, aber keinen näheren Kontakt zu ihr gehabt. Sie habe auf sie einen sympathischen Eindruck gemacht. Ihr Onkel sei mit Frau Müllers Arbeit sehr zufrieden gewesen. Angedeutet habe er, dass sie ein schweres Schicksal habe. Aber keine Einzelheiten dazu."

„Ok, danke Petra. Und du, Max?"

„Ja, bevor du Petra zu dieser Nichte geschickt hast, haben wir die Anwohner in der Straße befragt, wo die Tat geschah. Leider hat niemand etwas beobachtet. Eine Frau meinte sich zu erinnern, dass sie einen schwarz gekleideten Mann am frühen Abend von Richtung der Bushaltestelle habe kommen sehen. Aber ob es ein Priester gewesen sei, könne sie nicht sagen. Was der Täter oder die Täterin in dem Backshop gesucht haben könnte, ist nicht klar. In der Kasse war nur Kleingeld. Vielleicht hatte der Täter nur Hunger. Ich halte dafür, dass unser Pfarrer einfach zum falschen Zeitpunkt am falschen Ort auftauchte und den Unbekannten oder die Unbekannte beim Einbruchsversuch störte."

Eines der Telefone im Büro klingelte. Max ging ran, hörte zu und informierte die Kolleginnen:

„Das war unsere Techniker. Am Mantel und im Gesicht des Pfarrers haben sie DNA-Spuren entdeckt. Sie schauten in der Datenbank nach und wurden fündig. Die DNA stammt von einem Bekannten: Freddy Meister."

„Der sitzt doch wegen Überfalls, Körperverletzung und anderem im Knast", warf Petra ein.

„Er saß ein. Er wurde gestern wegen guten Führung vorzeitig aus dem Gefängnis in Freiburg entlassen."

„Ok, Max, schreib ihn umgehend zur Fahndung aus!"

„Es gibt wohl doch keinen Zusammenhang zwischen den zwei Delikten", meinte Petra. „Der Pfarrer war vermutlich ein Zufallsopfer. Freddy Meister ist wohl kaum die Person, die Frau Müller deckt. Wenn sie denn jemanden deckt."

Casandra nickte stumm.

9.

Felix hatte sich große Mühe gemacht und selbst gekocht. Als Schwabe setzte er Casandra frisch geschabte Spätzle vor. Dazu gab es Linsen und Wiener Würstchen. Und schwäbischen Trollinger. Casandra lobte ihren Koch, griff kräftig zu und trank reichlich.

„Was treibt dich um, Casandra?"

„Abgesehen davon, dass du mich umtreibst, seitdem

ich dich kennen gelernt habe, geht mir der aktuelle Fall an die Nieren."

„Und leider darfst du nicht mit mir darüber reden."

„Nein, eigentlich nicht."

„Eigentlich?"

„Heute mache ich eine Ausnahme. Ich muss einfach mit jemandem reden. Du bist neben meiner Nichte und Herbert der einzige, dem ich voll vertraue. Habe ich dein Wort, dass du niemandem ein Sterbenswörtchen sagst von dem, was ich dir erzähle."

„Mein Wort, Casandra."

Sie schilderte den Fall Müller, der ihr so zusetzte. Das offensichtlich unabwendbar unbefriedigende Ende des Falles. Felix hörte aufmerksam zu. Dann schenkte er Casandra und sich noch einmal ein.

„Ich verstehe, Casandra, dass du den wahren Schuldigen oder die wahre Schuldige am Tod dieses widerlichen Ehemanns hinter Gittern sehen willst und nicht jemand möglicherweise Unschuldigen. Wenn ich dich richtig verstanden habe, ist nicht auszuschließen, dass seine Frau ihn erstochen hat. Was man ja nachvollziehen könnte, angesichts der Misshandlungen durch diesen Kerl. Aber..."

Felix zögerte und suchte wohl nach den richtigen Worten.

„Aber, Felix?"

„Aber ist das nicht ein sehr paternalistischer Zug von

dir, nicht zu akzeptieren, dass sich diese Frau möglicherweise für jemand opfert? Woher nimmst du das Recht, besser wissen zu wollen, was für diese Frau richtig ist? Besser als diese selbst zu wissen? Woher nehmen wir das Recht, andere, von Kindern mal abgesehen, korrigieren zu wollen, einen Fehler zu machen? Einen Fehler unserer Meinung nach. Wir können letztlich immer nur in unseren eigenen Schuhen stehen und gehen. Vielleicht musste diese Frau ihrer Überzeugung nach so handeln. Nicht deiner oder meiner Ansicht nach. Aber für ein Opferlamm eben kein Fehler, sondern das Richtige, das Notwendige. Ein Psychologe würde vielleicht von einer Verirrung, von Masochismus oder irgendwas reden. Aber wenn diese Frau dies als ihre Bestimmung ansieht?"

Casandra schwieg lange, trank einen Schluck und sagte:

„Felix, dein Einwurf, paternalistisch zu sein, das tut weh. Aber du hast wohl Recht. Nein, nein, sag nichts!"

Sie zögerte und sah ihn lächelnd an.

„Du musst wissen, Felix, dass du der Einzige bist, der mir weh tun darf, wenn es notwendig ist. Und das ist wohl hier der Fall. Danke, Felix."

Sie stand auf, ging um den Tisch, setzte sich auf seinen Schoß, umarmte und küsste ihn.

Am nächsten Tag schloss Casandra die Akte zum Fall Müller ab und gab sie an die Staatsanwaltschaft weiter. Den Nachmittag nahm sie sich frei, kaufte zwei Stück Kuchen und begab sich zu Herbert. Ihr väterlicher Freund war inzwischen 92 Jahre alt und körperlich ziemlich angeschlagen. Aber er war geistig noch ziemlich fit. Casandra hatte geholfen, eine passende Haushaltskraft zu finden, die den Greis täglich unterstützte. Sie gab sich mit Maria praktisch die Klinke in die Hand. Die Italienerin sagte, Herrn Dr. Kluwann gehe es den Umständen entsprechend gut. Er freue sich schon, mit ihr den Nachmittag zu verbringen. Das tat er dann. Irgendwann kam Casandra wie am Vorabend auf ihren Fall zu sprechen. Ursprünglich hatte sie das nicht machen wollen, denn von einem Juristen wie Herbert erwartete sie eigentlich eine juristische Antwort. Doch sie hatte sich getäuscht.

„Casandra, den Juristen überspringe ich, denn dessen Antwort kannst du dir mehr oder weniger selbst ausrechnen. Aber ich bin im Gegensatz zu dir Katholik. Kein groß praktizierender, aber doch Katholik, als der ich auch sterben werde. Wenn es so weit ist, will ich, dass ein Priester rechtzeitig für die Krankensalbung gerufen wird."

„Krankensalbung?"

„Früher hieß es Sterbesakrament. Also, vielleicht hat die Frau in deinem Fall einfach ... nein, einfach ist das falsche Wort ... egal, vielleicht hat sie Schuldgefühle, weil sie, nehmen wir an, die Ehe gebrochen hat. Eine Sünde, die sie sicherlich gebeichtet hat. Vielleicht fühlt sie sich indirekt schuldig, weil vielleicht ihr Liebhaber sie von diesem Mistkerl erlöst hat. Vielleicht hat sie den Ehemann ja doch erstochen. Viele, viele Vielleichts. Versuch an deinen nächsten Fall zu denken! Die Herren Mörder oder die Damen Mörderinnen werden dich nicht ohne Arbeit lassen. Im Übrigen: Wann machst du mir endlich meinen Kaffee? Und der Kuchen sieht verdammt lecker aus."

Ende

Alptraum

1.

Casandra Deggenforst stand mit Felix vor dem Haus Herberts im Freiburger Stadtteil Herdern.

„Ich kann es noch immer nicht fassen, dass ich das alles geerbt haben soll."

„Tja, Casandra, mit dieser Villa und diesem großen Garten in bester Lage bist du jetzt eine äußerst attraktive Partie."

„Felix, ich möchte, dass du mit mir einziehst."

„Und wie kommst du auf diese Idee?"

„Ich brauche doch jemand, der mir Haus und Garten in Schuss hält."

„Das muss ich mir noch gründlich überlegen."

Die beiden sahen sich verschmitzt an und lagen sich dann in den Armen.

„Notar Eisele sagte mir bei der Testamentseröffnung, dass der verstorbene Oberstaatsanwalt a.D. Dr. Kluwann keine erbberechtigte Verwandte habe. Im Übrigen habe sich Kluwanns zufolge nur eine Person um ihn gekümmert, und das sei ich gewesen."

„Nun, mit 93 Jahren zu entschlafen, ist ja in Ordnung. Bist du sicher, Casandra, dass du da drin wohnen möchtest?"

„Ja. Ich bin in den vergangenen drei Jahrzehnten immer sehr gern hier hergekommen. Und ich bin es auch aus Respekt und Pietät gegenüber Herbert schuldig. Er hat das nicht testamentarisch festgelegt, aber ich bin sicher, dass er es so gewünscht hat."

„Auch dass ich mit einziehe?"

Sie stieß ihm mit dem Ellbogen in die Seite.

„Du bist ein unmöglicher Kerl. Willst du etwa nicht?"

„Ich glaube", sagte Felix feixend, „ich muss es mir erst einmal richtig von außen und vor allem von innen ansehen. Ich kenne ja bisher nur von zwei Besuchen mit dir bei deinem väterlichen Freund das Wohnzimmer und die Toilette."

„Na, dann wollen wir doch einmal das Haus vom Dachboden bis zum Keller inspizieren. Viel besser als du kenne ich es übrigens auch nicht; nur in dem großen Bibliothekszimmer war ich schon mal gewesen."

Drei Monate später zogen sie ein, nachdem eine moderne Einbauküche eingerichtet, das Badezimmer renoviert und die übrigen Räume frisch gestrichen worden waren. Ein mit Felix befreundeter Architekt hatte die Arbeiten überwacht, während sie zuletzt noch zwei Wochen Urlaub in Griechenland gemacht hatten.

Nach dem Einzug gab es eine Einweihungsparty, bei der Felix Max und Petra kennenlernte und Petra einige Freunde und Freundinnen von Felix. Petra hatte Marion dazu eingeladen, doch war diese in Athen in Examensvorbereitungen. Der Besuch mit ihrem

Verlobten Nikos sollte später stattfinden.

Während Felix noch ein wenig nach der Party aufräumte, lag Casandra schon müde im Bett, als ihr Handy klingelte.

„Hallo, Marion. Ja, es war eine schönes Einweihungsfest. Schade dass du, dass ihr nicht dabei sein konntet."

„Ja, Casandra, schade. Wir holen das auf alle Fälle nach. Ich wollte dir nur kurz noch eine kuriose Sache erzählen, die ich vorhin von der Mutter Nikos erfahren habe. Sie hat mich aus Delfi angerufen. Du und Felix hatten sie ja neulich kennengelernt."

„Ja, mit der ganzen Verwandtschaft bei der Hochzeit von Nikos Schwester."

„Ja, ja, Casandra. Erinnerst du dich noch an unseren Polyphem?"

„Du meinst den einäugigen hochgeschossenen Verwandten?"

„Er heißt Callisto. Übersetzt der Schönste", sagte Marion lachend. „Wir haben ihn Polyphem genannt nach dem einäugigen Riesen in der ‚Odyssee'. Und beide Polyphem und Callisto sind ja Schäfer. Wobei Callisto eine große Schafherde hat und einen großen Bauernhof."

„Warum erzählst du mir das alles? Entschuldige, Marion, aber mir fallen die Augen zu, so müde bin ich."

„Ich bin gleich fertig, Casandra. Dieser halb Verrückte erzählt überall herum, dass er endlich die richtige Frau, die einzig richtige Frau gefunden habe, die er heiraten werde. Nämlich dich!"

„Ach du lieber Gott! Marion, willst du mich um den Schlaf bringen? Ich werde noch von einem einäugigen Riesen träumen, wie er mir auf Knien liegend einen Heiratsantrag macht."

2.

Am Tag nach dem Einweihungsfest klingelte gegen Mittag das Handy von Felix.

„Hallo, Felix, hier ist Petra. Du erinnerst dich doch: die Kollegin von Casandra. Weißt du wo sie steckt?"

„Hallo, Petra. Ich dachte, sie sei im Büro."

„Da ist sie eben nicht. Sie hat sich bisher nicht gemeldet. Ungewöhnlich von ihr."

„Komisch. Wir haben heute Morgen gemeinsam gefrühstückt. Ich bin dann vor ihr losgefahren. Mein Seminar hat schon um acht Uhr begonnen. Ich weiß nur, dass sie einen Termin hatte. Worum es sich handelt, hatte sie mir nicht gesagt. Ist was passiert?"

„Nicht, dass wir wüssten, Felix. Auf jeden Fall geht bei euch zu Hause niemand ans Telefon, und das Handy von ihr scheint ausgeschaltet."

„Ich bin gerade mit meiner Sprechstunde hier fertig und fahre gleich nach Hause. Ich melde mich dann. Informiere mich bitte, wenn es etwas Neues gibt!"

Petra sagte das zu, legte auf und berichtete Max, was Felix erzählt hatte.

„Ungewöhnlich, dass Casandra sich nicht meldet, wenn was dazwischen kommt. Vielleicht hatte sie eine Panne oder gar einen Unfall."

„Aber Max, dann hätte sie sich doch erst recht gemeldet."

In diesem Moment schrillte das Telefon. Max nahm ab und meldete sich.

„Hallo, hier ist das Notarbüro Eisele. Mein Name ist Baum. Kann ich bitte Kriminalhauptkommissarin Deggenforst sprechen."

„Hier ist ihr Kollege Sondermann. Frau Deggenforst ist im Augenblick nicht zu sprechen. Kann ich Ihnen weiter helfen?"

„Nein, wohl nicht. Frau Deggenforst hatte heute um neun Uhr einen Termin in unserer Kanzlei mit Herrn Notar Eisele. Sie ist aber nicht erschienen und hat sich nicht gemeldet. Telefonisch habe ich sie nicht erreichen können."

„Können Sie mir sagen, was meine Chefin bei Ihnen wollte?"

„Nein, darüber darf ich doch Dritten nichts sagen."

„Sie haben Recht, Frau Baum. Können Sie mich bitte

mit dem Herrn Notar verbinden! Sagen Sie ihm, es sei dringend."

Nach kurzer Zeit meldete sich Eisele. Max schilderte die Lage.

„Herr Notar, können Sie mir bitte sagen, was Frau Deggendorf bei Ihnen wollte. Ich weiß, dass das Privatsache meiner Chefin ist. Geht mich auch nichts an. Aber wir hier machen uns Sorgen um sie. Bei uns hat sie sich nicht gemeldet. Bei Ihnen hat sie sich auch nicht gemeldet. Das ist gar nicht die Art unserer Kollegin Deggenforst."

Eisele räusperte sich und überlegte offenbar, was er tun solle.

„Herr Kommissar, ich mache mir natürlich auch Sorgen. Was ich jetzt sage, ist natürlich vertraulich. Sie wollte wegen eines Testaments beraten werden."

„Danke, Herr Notar. Wenn sich Frau Deggenforst meldet, werde ich sie bitten, das Notariat anzurufen."

Max informierte Petra. Beide wussten, dass etwas Außergewöhnliches passiert sein musste. Wenig später meldete sich Felix am Telefon. Im Haus sei Casandra nicht. Hier gebe es auch nichts Besonderes. Alles deute darauf hin, dass sie es ganz normal verlassen habe.

„Doch halt, Max. Mir war, als hätte ich die Garagentür nicht ganz geschlossen gesehen. Das ist gar nicht Casandras Art. Einen Augenblick, ich schau mal nach. Ich lass mein Handy angeschaltet. Bist du noch dran? Ja. Einen Moment. Ja, die Garagentür ist einen Spalt offen. Ich öffne mal ganz. Himmel, da steht ja ihr Wagen! Mit offener Tür. Was ist hier los?"

„Stopp, Felix! Nichts anfassen! Petra und ich kommen umgehend. Bitte nichts anfassen! Warte vor der Garage! Wir sind gleich da.

3.

Max und Petra liefen die Treppe hinunter und stürzten ins Auto. Auf der kurzen Fahrt fiel Petra etwas ein.

„Hatte uns Casandra gestern nicht gesagt, dass sie heute etwas später kommen würde? Habe ich ganz vergessen."

„Vermutlich war damit ihr Termin bei diesem Notar gemeint. Aber da ist sie ja nicht aufgetaucht."

Als sie bei Felix eintrafen, saß der aufgelöst auf einer Gartenmauer bei der Garage. Er sprang auf und trat zu ihnen.

„Hat sich Casandra inzwischen bei euch gemeldet?"

„Nein", sagte Max, „und bei dir?"

„Nein. Was ist passiert?"

„Das ist zu früh zu sagen. Es bringt auch nichts zu spekulieren. Im Augenblick vermissen wir sie, weil wir nicht wissen, wo sie gerade ist. Vielleicht stellt sich alles als banales Missverständnis heraus. Ich schau mir mal die Garage und den Wagen an."

Max zögerte einen Moment, ging dann aber zuerst zum Wagen und holte etwas heraus. Vor der Garage zog er sich Kunststoffhüllen über Hände und Schuhe.

„Reine Routine", sagte Petra, die den fragenden Blick von Felix sah.

Nach kurzer Zeit trat Max wieder aus der Garage. In der rechten Hand hielt er mit einem Kugelschreiber einen Schlüssel an einem Bändchen.

„Das ist Casandras Autoschlüssel", rief Felix. „Ich erkenne dieses bunte Bändchen."

„Den habe ich am Boden gefunden. Felix, gehst du bitte zurück ins Haus und schaust genau nach, ob du irgendeinen Hinweis findest, wo Casandra stecken könnte! Zum Beispiel auf ihrem Schreibtisch. Bitte, tu das einfach. Petra kommt gleich nach."

Sobald Felix im Haus war, sahen sich die zwei Kommissare sorgenvoll an.

„Max, bisher haben wir Casandra nur vermisst, aber das..."

„Petra, auch mir gefällt das ganz und gar nicht. Ich gebe an die Kollegen eine Vermisstenmeldung raus. Lasse aber auch die Kriminaltechniker kommen und fordere eine Hundestaffel an. Geh bitte mit Felix das ganze Haus durch! Frag ihn auch, wer seinen

Aufenthalt heute Vormittag in der Hochschule bestätigen kann."

„Du verdächtigst doch nicht etwa..."

„Nein, aber wir machen einfach die Routinearbeit, machen unseren Job. Ah, lass dir von Felix bitte ein benutztes Kleidungsstück Casandras geben. Brauchen wir für den Suchhund. Sobald die Kollegen hier sind, komme ich zu euch ins Haus."

Die Spurensicherung traf ein. Max instruierte sie und übergab den gefundenen Autoschlüssel. Als die Hundestaffel ankam, reichte er die Unterwäsche weiter, die Petra aus dem Wäschekorb im Haus gefischt hatte, und übergab sie einem Kollegen. Anschließend begab er sich ins Haus. Felix und Petra waren auf der Suche nach einem möglichen Hinweis auf das Verschwinden Casandras bisher nicht fündig geworden.

„Max, kannst du mit Felix weiter suchen? Er hat mir die Telefonnummer seines Assistenten an der Uni gegeben. Ich rufe den mal an."

Später teilte sie dem Kollegen mit, der Assistent habe die persönliche Leitung des Oberseminars durch Felix und damit dessen Alibi bestätigt. Er, der Assistent, sei die ganze Zeit dabei gewesen. Anschließend hätten die zwei eine längere Arbeitsbesprechung gehabt. Danach habe die Sprechstunde mit Studierenden stattgefunden. Er, der Assistent, habe in einem

Vorzimmer gearbeitet und hätte bemerkt, wenn Felix weggegangen wäre. Das habe er erst gegen Mittag getan.

Später wurde Max von Kollegen aus dem Haus gerufen. Die Spurensicherung hatte verschiedene Fingerabdrücke an der Garagentür und an Casandras Auto gefunden. Auch sehr große Schuhabdrücke in und vor der Garage.

„Ok, dann nehmt die Fingerabdrücke von Professor Pfeifer hier im Haus und schaut, ob er eine entsprechende Schuhgröße trägt. Zur Information: Der Professor ist der Lebensgefährte von Casandra. Sie wohnen zusammen hier im Haus. Hat die Hundestaffel schon etwas gefunden?"

Die meldete sich gerade auf Max' Handy.

„Wir sind fündig geworden. 50 Meter vom Haus am Waldrand. Nein, nicht die Kollegin, aber interessante Spuren und ihr Handy."

Max machte sich sofort auf den Weg. Er hörte beim Näherkommen Hundegebell. Ein Kollege klärte ihn auf.

„Das hier scheint eine viel benutzte Parkmöglichkeit zu sein. Cassandra muss hier gewesen sein. Allerdings führten keine Spuren von ihr hierher. Sollte sie entführt worden sein, wurde sie hierher getragen und hier abgesetzt. Dafür spricht, dass ein paar Schuhabdrücke, die auch bei der Garage gefunden

167

wurden, sehr tief sind. Wenn wir nicht annehmen wollen, dass der Entführer 150 Kilo oder so wiegt. Dann Autospuren. Eventuell von einem Kleinbus oder einem Lieferwagen. Wir haben auch einen kleinen Berg von Zigaretten gefunden. Alles dieselbe Marke. Könnte sein, dass der Entführer, wenn es sich um eine Entführung handeln sollte, hier viele Stunden gewartet hat, bevor er zur Tat schritt. Wir haben auch die nähere Umgebung abgesucht, aber weiter nichts gefunden."

„Und das Handy?"

„Ja, das lag hier am Boden."

„Danke, Kollegen. Ich denke, ihr könnt wieder abrücken. Ich warte dann auf die genaue Auswertung der Spuren."

Max ging ins Haus zurück und berichtete kurz Petra und Felix von den entdeckten Spuren.

„Ich kenne diesen sogenannten Parkplatz", rief Felix. „Der wird von Pärchen benutzt, die sich dort vergnügen. Casandra und ich haben bei abendlichen Spaziergängen immer wieder mal Autos dort gesehen. Aber was bedeutet das alles?"

„Das bedeutet, dass Casandra möglicherweise entführt worden ist. Aber das ist bisher nur eine Hypothese. Bitte sprich mit niemandem darüber! Unsere offizielle Version ist im Augenblick, dass Casandra vermisst wird. Sage das bitte auch, wenn jemand nach ihr fragt."

„Ok, Max. Soll ich das auch ihrer Nichte sagen?"

„Ja. Gute Idee. Rufe sie an und frage, ob Casandra irgendetwas zu ihr gesagt hat, was uns weiterhelfen könnte. Habt ihr beide denn noch etwas entdeckt, was Licht in diese Sache werfen könnte, Petra?"

„Nein. Leider gar nichts."

„Gut, wir fahren zurück ins Präsidium. Ah, Felix, wir haben bei diesem Parkplatz Casandras Handy gefunden. Kennst du die PIN?"

Felix schüttelte den Kopf.

„Also eine Aufgabe für unsere Techniker. Felix, wir halten dich auf dem Laufenden. Und natürlich umgekehrt. Aber sprich bitte mit niemandem über die Sache. Wie gesagt: ,Vermisst' ist derzeit die offizielle Terminologie. Oder noch besser gegenüber anderen, dass du nicht weißt, wo sie sich im Augenblick aufhält."

4.

Im Präsidium trafen Max und Petra mit Polizeipräsident Hans Kaiser zusammen und informierten ihn über das Verschwinden Casandras und die ersten Schritte. Auch Kaiser war der Auffassung, dass man zunächst nur mit einer Vermisstenmeldung an die Öffentlichkeit gehen solle. Vielleicht habe jemand an diesem Vormittag oder in der Nacht davor in der Nähe des Hauses etwas bemerkt. Aber viel weise doch auf eine Entführung hin. Die von Casandra bearbeiteten Fälle der letzten Jahre müssten überprüft werden. Vielleicht wolle ein Krimineller sich rächen dafür, dass Casandra ihn hinter Gitter gebracht hatte. „Haltet mich auf dem Laufenden! Wenn Verstärkung gebraucht wird, nicht zögern, mich anzurufen", sagte Kaiser.

Im Büro zurück, machten sich die zwei an die Arbeit. Eine Pressemeldung mit dem Foto Casandras wurde veröffentlicht. Wem sei in Herdern, wo die Vermisste zuletzt gesehen wurde, etwas aufgefallen. Natürlich meldeten sich rasch Medienvertreter, die Näheres wissen wollten. Was denn mit „vermisst" genau gemeint sei. Am späten Nachmittag kam ein junger Mann mit seiner Freundin ins Präsidium, um eine Aussage zu machen. Sie hatten gestern Abend zu der Parkstelle am Wald hinter Casandras Haus fahren wollen. Weil dort aber schon ein Wagen parkte, seien sie wieder weggefahren. Da es schon dunkel war, konnten sie keine näheren Angaben machen. Ziemlich sicher waren sie sich, dass es sich um einen Kleinbus oder etwas Ähnliches gehandelt habe.

Am frühen Abend meldete sich die KT, die an den Zigaretten gefundene DNA sei nicht in der Datenbank. Das gelte auch für Fingerabdrücke am Wagen Casandras. Auch die sonstigen Spuren führten nicht weiter, zumindest derzeit nicht. Die erfolgte Auswertung des Handys habe zu keinen Ergebnissen geführt. Die zwei Kriminalkommissare wälzten die Fallakten. Dann rief Felix an. Er erzählte Petra, er habe mit Marion in Athen telefoniert. Sie sei natürlich schockiert und beunruhigt. Leider habe sie aber gar nichts mitteilen können, was zur Aufklärung dienen könne.
„Seid ihr denn schon weitergekommen, Petra?"
„Felix, du weißt, dass wir offiziell gar nichts darüber sagen dürfen. Inoffiziell, nicht zum Weitersagen: Nein. Falls dir noch etwas einfallen sollte, melde dich sofort. Max und ich werden wohl die ganze Nacht hindurch alte Akten wälzen. Du kannst jeder Zeit hier anrufen, falls dir doch noch etwas einfallen sollte."

Am nächsten Tag, waren Max und Petra übernächtigt, doch nicht schlauer geworden. Von Casandra keine Spur. Forderungen eines Entführers gab es nicht. An wen hätten sie gerichtet sein sollen? Petra spekulierte, dass vielleicht ein Inhaftierter freigepresst werden sollte. Aber in diesem Falle, müsste sich der Täter ja an die Polizei wenden.

„Petra, solche Spekulationen bringen gar nichts."
„Ich weiß, Max. Aber Spekulationen sind wenigstens eine kleine Ablenkung."

Das Telefon klingelte. Es war wieder Felix, der in der vergangenen Nacht auch kein Auge zu getan hatte. Aber eine kleine Neuigkeit gab es. Nichte Marion hatte sich aus Sorge um Casandra ins Flugzeug gesetzt.
„Sie wird am frühen Abend hier in Freiburg sein und zu mir ins Haus kommen. Casandra hat von Anfang an hier ein Gästezimmer für sie eingerichtet. Wie wäre es, wenn ihr dann zu einem allgemeinen Brainstorming kommt?"
„Einen Augenblick, Felix. Ich spreche kurz mit Petra darüber."
Diese war wie Max skeptisch, dass das Treffen etwas bringen könnte, aber zumindest würde man das Gefühl haben, auch nach dem letzten Strohhalm zu greifen.
„Hier bin ich wieder, Felix. Ok, wir kommen vorbei. Ruf uns an, wenn die Nichte eingetroffen ist. Kannst du bitte was zum Essen besorgen?"

5.

Es war eine sehr gedämpfte Stimmung bei dem

Treffen in Casandras Haus.

„Schade dass wir uns unter diesen Umständen kennen lernen", sagte Petra zu Marion. „Casandra hatte dich mir und Max gegenüber schon manchmal erwähnt. Das ist mein Kollege Max."

Die Kriminalisten konnten Marion und Felix nichts Neues mitteilen. Von Casandra fehlte noch jede Spur. Sie konzentrierten sich daher zunächst auf ihre Pizza und machten etwas Small Talk. Als sie aufgegessen und am Weinglas genippt hatten, fragte Max:

„Marion, wann hast du zuletzt mit Casandra gesprochen?"

„Das war direkt nach der Einweihungsparty hier im Haus. Ich wäre so gerne gekommen, aber ich hatte ein wichtiges Examen an der Uni. Also rief ich an, relativ spät, und erwischte sie kurz vor dem Einschlafen. Sie war schon im Bett."

„Und sie erzählte dir von dem Fest?"

„Ja, natürlich."

„Und weiter?"

„Ich erzählte ihr von einem entfernt Verwandten, den wir bei eurem Griechenlandurlaub, Felix, auf der Hochzeit der Schwester meines Freundes Nikos in Delfi kennen gelernt hatten."

„Und wer soll das gewesen sein, Marion?", fragte Felix.

„Ich weiß nicht, ob du ihm vorgestellt wurdest. Auf

jeden Fall stand ich mit Casandra zusammen, als Polyphem zu uns trat?"

„Wer bitte? Polyphem? So heißt doch der einäugige Riese in der ‚Odyssee‘.“

„Ja, Felix. Diesen seltsamen Onkel, ich sag mal Onkel, nannten Casandra und ich danach unter uns Polyphem. Er ist nämlich für einen Griechen wirklich sehr groß. Nahezu zwei Meter. Und er hat nur ein Auge. Eines hat er als Jugendlicher bei einer Schlägerei, glaube ich, verloren. Und dann ist er auch noch Schäfer, wie der in der ‚Odyssee‘. Eigentlich heißt er Callisto. Auf Griechisch der Schönste. Was grotesk ist bei seinem Aussehen.“

„Marion, lange Rede kurzer Sinn?“

„Felix, hab Geduld! Also dieser verrückte Kerl hat später erzählt, dass er endlich seine Traumfrau getroffen habe. Nämlich Casandra.

„Wie bitte?“, rief Felix. „Davon weiß ich ja gar nichts.“

„Ich hatte es erst neulich erfahren und gestern Abend Casandra berichtet. Auf jeden Fall erzählt Callisto, er habe sofort gesehen, dass Casandra die Richtige sei. Man sei ja entfernt verwandt. ‚Unser Blut passt zu einander‘, meint er. Er sei auch eine gute Partie: Ein großes Bauernhaus, viel Terrain und sehr viele Schafe.“

„Ok, Marion“, meinte Petra, „das hast du Casandra erzählt. Und weiter?“

„Ich habe von Nikos erfahren, dass Callisto überall herumerzähle, er werde Casandra heiraten. Sie sei die Frau, die er schon seit Jahren als seine Braut vor seinem inneren Auge gesehen habe."

Max, der sehr müde war und sich nach seinem Bett sehnte, seufzte auf:

„Eine wirklich seltsame Geschichte. Aber die hilft uns wohl auch nicht groß weiter."

Doch Marion sprang auf und rief:

„Und wenn es das ist? Vielleicht hat dieser Verrückte Casandra entführt. Brautentführungen kommen in Griechenland auch heute noch vor."

„Das scheint mir doch sehr weit hergeholt sein, Marion", stöhnte Max. „Dein Polyphem soll also von Griechenland hierher gefahren sein, Casandra eingepackt haben und wieder zurückgefahren sein? Das sind insgesamt rund 5000 Kilometer. Was für ein entfesselter Liebeswahnsinn! Entschuldigt, aber ich muss jetzt wirklich ins Bett. Soll ich dich zu Hause absetzen, Petra, oder willst du mit Marion noch homerische Liebesgeschichten erörtern?"

Nein, das wollte sie nicht. Die beiden verabschiedeten sich von Marion und Max. Man versprach, sich gegenseitig zu informieren, falls es etwas Neues geben würde.

Felix brachte die zwei zur Tür, setzte sich Marion

gegenüber und schüttelte den Kopf.

„Hast du das ernst gemeint mit einem Entführer Polyphem oder wie der heißt."

„Felix, ich weiß nicht. Aber schon damals hatte ich, hatten Casandra und ich den Eindruck, Callisto sei übergeschnappt. Mein Freund Nikos sagte auch, dass sei ein ganz verrückter Kerl, zu allem fähig. Seit Jahren habe er herum erzählt, er sei noch nicht verheiratet, weil er der richtigen Frau begegnen müsse. Irgendwann werde sie auftauchen. Felix, ich weiß, dass das verrückt klingt. Eine Entführung Casandras durch diesen Kerl wäre eine verrückte Sache. Ich gebe das ja zu. Aber ich werde der Sache nachgehen, schon aus dem einfachen Grund, dass ich mir später nicht vorwerfen muss, nicht alles getan zu haben, um Casandra zu finden. Und du?"

6.

Am nächsten Morgen fanden Max und Petra auf ihrem jeweiligen Handy eine SMS von Felix:

„Ich fliege mit Marion nach Athen. Es ist ein verrückter Einfall – aber probieren geht über studieren."

Felix zweifelte daran, dass diese Geschichte um Polyphem Hand und Fuß hatte. Von selbst wäre er nicht geflogen, doch er machte sich Sorgen um Marion. Er wollte Casandras Nichte nicht allein zu diesem offensichtlich ziemlich Verrückten gehen lassen. Er war sicher, dass Casandra das so gewollt hätte.

Ein paar Stunden später landete ihr Flieger in Athen. Marions Verlobter Nikos holte sie am Flughafen ab. Von dort ging es in die Gemeinde Delfi, wo die Familie von Nikos schon wartete. Es gab einen stürmischen Empfang. Marion übersetzte für Felix, dass die Familie und Verwandte in ihrer Haltung ziemlich gespalten waren. Die meisten der männlichen Verwandten, hielten Callisto zwar für ziemlich verschroben, aber doch nicht für so verrückt. Während die meisten weiblichen Verwandten Callisto alles zutrauten.

Nachdem sich Marion und Felix leiblich gestärkt hatten, war auch geklärt, wer mit den beiden zu Callisto fahren sollte. Denn allein konnte man die zwei auf keinen Fall dorthin in die Berge gehen lassen. Marions Verlobter, dessen Vater und ein Cousin fuhren mit. Drei kräftige Männer für den Fall, dass es zu einer Auseinandersetzung mit dem großen Kerl kommen sollte.

Nikos Vater, der die Strecke zu dem einsam in den Bergen liegenden Gehöft am besten kannte, saß am Steuer. Rund eine Stunde waren sie auf zuletzt holpriger Piste unterwegs. Die drei Griechen diskutierten die ganze Zeit über den verrückten Verwandten. Marion hatte am Anfang noch für Felix übersetzt, ihm dann aber erklärt, es lohne sich nicht. Immer wieder würden die gleichen Argumente für und wider Callisto und die Möglichkeit, dass er Casandra entführt habe, hin und her gewälzt. Endlich waren sie am Ziel. Nikos Vater hielt 100 Meter vor dem Bauernhaus an und sagte, er werde zunächst einmal allein dorthin gehen. Als er dem Haus näher gekommen war, rief er nach dem Schäfer. Doch niemand antwortete. Er trat an die Tür, klopfte, öffnete und trat ein. Nach ein paar langen Minuten erschien Nikos Vater wieder an der Tür und winkte heran. Niko setzte sich ans Steuer und fuhr bis kurz vor die Tür. Nikos Vater sagte, Callisto betrachte sie als Hochzeitsgäste. Er erwarte noch den Priester für die Trauung. Alle traten ein. Der einäugige Schäfer stand da und begrüßte sie. Auf die Frage, wo Casandra sei, deutete er auf eine offene Tür. Marion und Felix stürzten hin und traten ein. Da sahen sie Casandra - angekettet an ein Bett. Sie sah verwahrlost aus wie ein Wolfskind.

7.

Casandra schreckt mit einem Schrei auf. Felix neben ihr im Bett nahm die am ganzen Körper zitternde

Frau in die Arme. Allmählich beruhigte sie sich und stammelte, sie sei aus einem fürchterlichen verrückten Alptraum aufgeschreckt. Felix sprach ihr gut zu und bat sie zu erzählen.

„Das ist eine lange Geschichte, ein halber Kriminalroman", sagte sie.

Da klingelte der Wecker. Er musste aus den Federn, denn er hatte schon um acht Uhr ein Seminar.

„Erzähl mir deinen Traum heute Abend in aller Ruhe! Bis dahin hast du dich auch beruhigt. Ich muss unter die Dusche. Bist du in der Lage, das Frühstück zuzubereiten?"

Casandra nickte. Als er sich verabschiedete, schlug er vor, etwas zum Abendessen mitzubringen. Sie nickte.

„Wie wär es mit etwas vom Griechen?"

„Nein!", rief sie.

„Ok, ok, dann eben vom Italiener. Bis heute Abend dann."

Casandra saß noch eine Weile in der Küche, trank einen zweiten Kaffee. Sie warf einen Blick auf die Küchenuhr und stürzte ins Bad. Auch sie hatte einen Termin. Pünktlich erschien sie in der Kanzlei. Die Sekretärin Baum führte sie gleich zu Notar Eisele. Er hatte sie bei einem Telefongespräch einige Tage zuvor in ihrem Entschluss bestätigt, ein Testament zu machen.

„Sie haben einen Beruf, der nicht ohne Gefahren ist", wiederholte er jetzt. „Und sie sind seit kurzem Hausbesitzerin. Haben Sie schon eine Vorstellung, wie das Testament aussehen könnte, Frau Deggenforst?"

„Ich habe keine direkten Verwandten. Nur meine Nichte Marion, aber die hat Geld genug und einen Vater, der Millionär ist. Für sie wäre mein Schmuck bestimmt. Nicht, dass der sehr viel wert ist, aber als eine liebe Geste. Das Haus würde ich meinem Lebensgefährten Felix Pfeifer hinterlassen."

„Frau Deggenforst, ich bin Notar und kein Steuerberater. Aber Ihr Freund würde im Falle des Falles eine Riesensumme an Erbschaftssteuer zahlen müssen. Das mussten Sie ja schon erfahren, als Sie das Haus erbten. Einfacher und bedeutend billiger wäre es, wenn sie heiraten würden."

„Heiraten?!", schrie Casandra auf.

Der Notar schrak zusammen und kam ins Stottern.

Ende

Tattoo

1.

Kriminalhauptkommissarin Casandra Deggenforst und ihre Kollegin Kriminalkommissarin Petra Weiling waren in die Gerichtsmedizin gekommen und sahen Dr. Sommer gespannt an. Der deckte zunächst den Kopf des vor ihnen liegenden Toten auf und sagte:

„Wie ersichtlich, ein Kopfschuss. Eindeutige Todesursache. Ansonsten gesunder kräftiger Mann. Alter so um die 35 Jahre."

„Nicht viel, was wir da von ihm wissen", sagte Casandra. „Keine Ausweispapiere bei ihm gefunden oder sonstige Hinweise auf seine Identität."

„Nun, ich hätte noch etwas, was Ihnen bei der Identifizierung helfen könnte", meinte der Gerichtsmediziner grinsend und schlug das Laken bis zu den Füßen der Leiche zurück. Die beiden Kommissarinnen stießen einen Überraschungslaut aus. Vor ihnen lag eine fast vollständig tätowierter Toter. Bis auf Hände und Füße war er unterhalb des Halses voller Tattoos: Blumen, Tiere, Anker, Arabesken.

„Auch der ganze Rücken, Hintern und Beine voll damit", sagte Dr. Sommer. „Wenn Sie wollen, können wir den Mann auf den Bauch drehen."

„Nein, danke. Das wird nicht nötig sein. Ich nehme an, dass sie detaillierte Fotos gemacht haben."

„Das habe ich, Frau Deggenforst. Die schicke ich auf Ihren Computer. Übrigens ist bei den Tätowierungen nichts Geschriebenes. Kein Herz mit Namen oder so. Der Mann ist vermutlich schon drei Tage tot. Verscharrt wurde er vorgestern. Seine Leiche wurde dort aber nach etwa zwölf Stunden gefunden."

Zurück im Büro berichteten die Kommissarinnen ihrem Kollegen Max Sondermann über die Tätowierungen.

„Na, das kann uns doch sicher bei seiner Identifizierung helfen. Seine Fingerabdrücke und seine DNA haben im System nichts erbracht. Wir gehen mit Fotos von ihm an die Öffentlichkeit."

„Nicht sofort", sagte Casandra. „Der oder die Täter sollen nicht vorgewarnt werden, dass die Leiche so schnell gefunden wurde. Sie konnten ja nicht ahnen, dass der Hund des Försters dort anschlägt."

„Könnte sein. Aber vielleicht haben sie es mitgekriegt."

„Ja, Petra. Das ist nicht unmöglich. Aber wir gehen davon mal nicht aus. Wenn der Tote vor drei oder vier Tagen getötet wurde, kann die Tat in Flensburg geschehen sein. Zeit genug, die Leiche hier her zu transportieren."

„Flensburg?", fragte Max.

„Nur so als Beispiel", sagte Casandra. „Gehen wir

zunächst mal davon aus, dass er aus der Nähe stammt. Ich habe gegoogelt. In Freiburg gibt es ein halbes Dutzend Tattoo Shops. Wir fragen erst mal da nach, ob jemand den Toten kennt oder ob er in einem der Läden tätowiert wurde. Werden wir nicht fündig, gehen wir an die Öffentlichkeit. Jeder von uns nimmt sich zwei Tattoo Shops vor."

2.

Petra Weiling stand vor dem Tätowierstudio und wollte eintreten, aber die Tür war geschlossen.

„Kevin ist offenbar ausgeflogen", sagte eine junge Frau neben ihr, die durch das Schaufenster des Studios blickte.

„Nach den hier stehenden Öffnungszeiten...", sagte Petra, wurde aber unterbrochen.

„Vergiss die! Kevin ist ein Chaot. Der kommt, wann es ihm in den Kram passt. Wohl zum ersten Mal hier?"

„Ja. Ich will nur eine Auskunft."

„Warte mal, ich hab seine Handy-Nummer."

Sie zückte ihr iPhone, aber niemand antwortete.

Die Kommissarin sah im Blusenausschnitt der Frau den Rand einer Tätowierung. Vielleicht konnte ihr hier ja jemand helfen. Sie zückte ihren Ausweis.

„Ich bin von der Polizeit."

„Sorry, aber so etwa Gleichaltrige duze ich immer. Hat Kevin was ausgefressen?"

„Nein, nein. Ich will nur eine Auskunft von ihm. Aber, wenn ich es richtig sehe, haben Sie, hast du eine Tätowierung. Darum geht es nämlich."

„Ah, du willst dich tätowieren lassen?"

„Nein, nein."

„Also was?"

„Hast du ein paar Minuten Zeit? Wie wäre es, wenn wir da drüben im Café was trinken? Ich erklär' es dir dann."

„Ok. Ich bin die Moni. Und du?"

„Petra. Ich heiße Petra."

Die zwei Frauen setzten sich in das Café und bestellten Capuccino. Dann legte Petra ein Foto des Toten vor. Die Schusswunde im Kopf war wegretuschiert.

„Den Mann schon mal gesehen?"

Moni studierte das Gesicht auf dem Foto und schüttelte den Kopf.

„Nein, kenne ich nicht. Sieht nicht sehr lebendig aus."

„Er ist tot, und wir versuchen, ihn zu identifizieren."

„Und was hat Kevin damit zu tun?"

„Kevin wollte ich aus diesem Grund befragen", sagte Petra, zückte ihr iPhone und zeigte Moni Fotos der Tätowierungen."

Moni pfiff anerkennend.

„Tolle Tattoos. Jetzt verstehe ich. Ihr wollt den Toten mit Hilfe der Tätowierungen identifizieren. Tja, ich kann da leider nicht helfen."

„Kennst du denn Leute, die so voll tätowiert sind?"

„Einige, die ziemlich viele Tattoos haben. Ich habe nur drei Tattoos."

„Nur?", feixte Petra.

Moni puffte sie grinsend an den Oberarm und fragte: „Findest du das denn so schrecklich? Ich meine, dass ich tätowiert bin? Oder etwa dass ich nur drei Tattoos habe?"

„Weder noch. Nein. Abgesehen davon, dass ich deine ja gar nicht kenne."

Moni sah Petra schelmisch an, stand auf und sagte: „Komm, wir gehen kurz in den Toilettenraum!"

Dort öffnete Moni ihre Bluse und Petra sah über dem BH eine blaue Blume tätowiert. „Schön. Gefällt mir. Aber du hast doch von drei Tattoos gesprochen?"

Moni drehte ihr den Rücken zu und ließ die Bluse nach unten gleiten. Da war auf dem linken Schulterblatt ein Schmetterling eingestochen und auf dem Rücken ein Vogel auf der Jagd nach dem Schmetterling.

„Eindrucksvoll, Moni. Darf ich den Schmetterling berühren?"

„Wenn du möchtest?"

Petra strich leicht über die Tätowierung.

Wieder draußen beim Kaffee fragte Petra:

„Und wirst du dir auch den ganzen Körper tätowieren lassen?"

„Nein, die drei sind für mich perfekt. Eigentlich wollte ich nur ein Tattoo, den Schmetterling. Aber es kann zur Passion werden, das Tätowieren. Einmal gestochen, willst du diesen subtilen Schmerz wiederholt haben. Manche werden geradezu süchtig danach."

„Du nicht?"

„Nein, wie du gesehen hast."

„Vielleicht hast du ja den Po voll mit Tattoos."

„Das hättest du wohl gerne, Petra. Sollen wir nochmal zur Toilette gehen und du schaust nach? Nein, ich habe sozusagen eine abgeschlossene Geschichte auf mir. Da ist der Schmetterling, der vor dem Vogel zu der Blume flüchtet. Das ist für mich perfekt."

„Zu einer blauen Blume."

„Ja, das ist wohl die Romantikerin in mir."

Petra sah sie an, lächelte und riss sich zusammen.

„Moni, ich muss los. Im Präsidium wartet man bestimmt schon auf mich. Danke für die Einführung in die Tattoo-Kultur. Hier ist meine Visitenkarte. Falls dir doch noch was zur Identifizierung des Toten einfallen sollte, ruf bitte an. Ah, kannst du mir bitte noch die Handynummer von Kevin geben?"

„Klar. Ich schick sie dir auf dein Handy. Wie ist deine Nummer?"

Zurück im Büro warteten dort schon Casandra und Max. Die von ihnen aufgesuchten Tätowierer hatten bei der Identifizierung des Toten nicht weiterhelfen können. Petra berichtete, dass sie den Tätowierer Kevin nicht erreicht habe. Das versuche sie später nochmals.

„Na gut", sagte Casandra. „Wir warten aber nicht mehr länger. Wir gehen an die Öffentlichkeit, schalten die Medien ein. Vielleicht haben wir ja Glück. Erledigt ihr das bitte!"

Als sie später Feierabend machten, klingelte Petras Handy. Es war Moni.

„Hallo, Petra. Mir ist eingefallen, dass ich ein Video mit dem alten Hollywoodfilm ‚Die tätowierte Rose' habe. Hast du Lust, den mit mir anzuschauen? Ich koche uns auch was zum Abendessen. Hallo, Petra, hörst du mich?"

„Ja, Moni. Ich...ich...ok. Gerne. Gib mir deine Adresse!"

Max sah Petra im Gehen fragend an.

„Eine kleine private Recherche in Sachen Tätowierung, Max."

„Kein Grund rot zu werden, Petra. Tschüss."

3.

Die folgenden zwei Tage brachten die Ermittlungen nicht voran. Auf die Veröffentlichung des Fotos des Toten und einiger Bilder seiner Tätowierungen gab es keine weiter bringende Erkenntnisse.

Petra erreichte unter den zwei Telefonnummern Kevin nicht. Kevin Strohler, so sein voller Name, ging nicht an sein Telefon, nicht an sein Handy. Am dritten Tag machte sich die Kommissarin mit Max zu der Adresse auf, wo der Tätowierer polizeilich gemeldet war. Strohler wohnte nicht weit von seinem Studio in einem Hochhaus. Als Petra unten klingelte, meldete sich niemand durch die Sprechanlage und dann auch niemand, als sie an der Wohnungstür klingelte und anklopfte. So betätigte sie die Klingel der Nachbarwohnung. Eine alte Frau öffnete. Petra und Max stellten sich vor.

„Entschuldigen Sie die Störung, Frau Meyer", sagte Petra. „Wir haben ein paar Fragen an Herrn Strohler nebenan. Aber er scheint nicht da zu sein."

„Gut dass Sie gekommen sind, Frau Kommissarin. Ich wollte schon die Polizei rufen."

„Und warum das?"

„Weil er sich seit drei Tagen nicht gemeldet hat. Das tut er nämlich eigentlich täglich und fragt, ob er mir was beim Einkaufen mitbringen kann. Er ist so hilfsbereit."

„Ist er vielleicht verreist?"

„Das hätte er mir doch gesagt. Nein, nein. Irgend etwas stimmt da nicht."

Max sah Petra an. Es könnte ja Gefahr in Verzug sein.

„Sie haben nicht zufällig den Schlüssel zu seiner Wohnung, Frau Meyer?", fragte Max.

„Nein. Wie kommen Sie denn darauf? Aber der Hausmeister hat bestimmt einen."

20 Minuten später öffnete dieser Petra und Max die Tür.

„Danke, aber Sie und Frau Meyer müssen draußen bleiben", sagte Max und trat mit Petra ein. Kurz darauf standen sie im Wohnzimmer vor einer Leiche mit vielen Tattoos.

4.

Zwei Tage später saß Casandra mit Max und Petra zusammen und zog ein Resümee der bisherigen Ermittlungen.

„Wir wissen also Folgendes: Kevin Strohler hat sich selbst erschossen. Da gibt es laut Gerichtsmedizin und Technik keine Zweifel. Mit der selben Waffe wurde unser Unbekannter zwei Tage vor dem Selbstmord erschossen. Im Kofferraum des Wagens von

Strohler fanden sich Blutspuren, die von dem tätowierten Toten stammen. Alles spricht dafür, dass Strohler den Mann erschossen und dann vergraben hat. Was wir immer noch nicht wissen ist, wer der Unbekannte ist und welche Beziehung es zwischen den zwei Toten gegeben hat."

„Ja, das ist sehr frustrierend, dass wir nichts über die Hintergründe der Mordtat wissen", sagte Max. „Auch über das Motiv für die Selbsttötung könnten wir nur spekulieren. In der Wohnung Strohlers haben wir keine Hinweise gefunden, die zur Klärung des Falls beitragen. Und auch unsere Recherchen im Tattoo-Gewerbe haben uns keinen Deut weiter gebracht."

„Das einzige Positive ist, dass wir es offensichtlich nicht mit einem Serienmörder an Tätowierten zu tun haben", meinte Petra.

„Ja, da hast du recht. Jedenfalls sind die Ermittlungen für den Staatsanwaltschaft abgeschlossen, auch wenn die ganze Sache für mich sehr unbefriedigend ist. Ja, Max?"

„Also ich bin zufrieden, dass wir nicht mehr in der Tattoo-Szene weiter stöbern müssen. Das ist alles so spooky. Du schüttelst den Kopf, Petra?"

„Max, ich verstehe nicht, was da gespenstig sein soll."

„Bist du etwa auch tätowiert? Und wo denn?"

„Nein, ich bin noch nicht tätowiert."

„Noch nicht?", fragten Max und Casandra gleichzeitig. „Du willst also..."

„Weiß nicht. Aber meine Freundin Moni ist sich
schon sicher, dass ich...".

Ende

Entführt

1.

Als Kriminalhauptkommissarin Casandra Deggenforst ins Büro trat, traf sie nur Max an. Er teilte ihr mit, dass Petra etwas später komme, weil sie ihren Neffen in den Kindergarten bringe. Ihre Schwester habe sich einen Knöchel verstaucht. Im Augenblick stehe aber nichts an, mit Ausnahme des Aktenbergs vor ihm.

„Ich beteilige mich daran", sagte Casandra. „Auch einen Kaffee?"

Da klingelte das Telefon. Max hob ab, meldete sich und schaltete die Anlage auf laut.

„Hört zu! Entführung mit einer Schussverletzten. Vor meinen Augen. Hatte gerade meinen Neffen im Kindergarten abgeliefert. Der Notarzt ist alarmiert. Ein Kind wurde entführt. Gebt eine Fahndung raus! Weißer großer Mercedes. Die Klasse kann ich nicht sagen."

Dann gab Petra noch das Freiburger Autokennzeichen durch und wo es in der Wiehre passiert sei. Sie warte hier auf die Kollegen bei der Schwerverletzten. Nachdem die Fahndung rausgegeben worden war, machten sich Casandra und Max auf den Weg. Ein Rettungswagen war schon vor Ort, als die beiden eintrafen. Petra wischte sich gerade Blut von den Händen.

„Hallo Casandra, hallo Max. Ich habe versucht, das Blut zu stoppen Der Notarzt sagte mir gerade, die junge Frau sei lebensgefährlich verletzt. Man bringt sie umgehend in die Uni-Klinik."

„Was ist passiert?", fragte Casandra.

„Ich hatte gerade meinen Neffen Lukas im Kindergarten da drüben abgegeben, trat heraus und sah den Überfall. So 20 Meter vor mir stoppte der Mercedes, der maskierte Beifahrer oder die Beifahrerin sprang aus dem Wagen und wollte der Frau das an der Hand geführten Kind entreißen. Ich vermute ein Junge. Die Begleiterin wehrte sich. Da zog der Entführer eine Pistole und schoss. Die Frau fiel zu Boden, das Kind wurde ins Auto gerissen, das davon fuhr. Ich rannte zu der Verletzten, versuchte, die Einschusswunde unterhalb der Brust abzudecken, alarmierte den Notarzt und rief euch an. Die junge Frau reagierte nicht auf mich."

„Mann oder Frau?"

„Er oder sie hatte eine Strumpfmaske über dem Kopf. An der Kleidung war nicht zu erkennen, ob Mann oder Frau. Aber die Person hatte breite Hüften. Ich tippe also auf Frau. Garantieren kann ich es nicht."

„Hatte das Opfer eine Handtasche oder so etwas bei sich?"

„Nein. Aber ich glaube mich zu erinnern, dass das Kind ‚Maria' geschrien hatte, als alles passierte.

Gehen wir doch in den Kindergarten. Die können vielleicht weiter helfen."

„Ok. Max hör du dich doch mal hier um, ob jemand den Vorfall beobachtet hat, ob jemand was Besonderes aufgefallen ist. Ich gehe mit Petra in den Kindergarten", sagte Casandra. „Und ich rufe die Leitstelle an, dass sie eine Ringfahndung nach dem Mercedes rausgibt."

Im Kindergarten fragte Petra nach der Leiterin. Frau Brenner telefonierte gerade in einem kleinen Büro- und Allzweckraum. Nach dem kurzen Gespräch wandte sie sich an Petra und sagte:

„Sind sie nicht die Tante von Freddy?"

„Sie haben Recht. Petra Weiling. Das hier ist meine Chefin Deggenforst. Können wir bitte die Tür hinter uns zumachen? Es handelt sich um eine sehr vertrauliche Sache."

Die Frau schaute sie fragend an und nickte zustimmend.

„Frau Brenner, wir sind von der Kriminalpolizei. Vorher ist hier ein Kind entführt worden. Vermutlich ein Junge."

„Was? Wie? Das ist ja schrecklich."

„Wir wollen erfahren, ob es sich dabei eventuell um ein Kind ihres Kindergartens handelt? Es ist blond und war in Begleitung einer jungen schwarzhaarigen Frau. Können Sie bitte nachschauen, ob schon alle

Kinder hierher gebracht wurden? Tun Sie das bitte unter einer Ausrede, denn die Entführung sollte keineswegs publik werden. Haben Sie auch eine Fotowand mit ihren Schützlingen?"

„Ja, kommen Sie und schauen sich die Fotos an! Ich werde nachfragen, ob noch jemand fehlt."

„Aber bitte kein Wort über Entführung!", betonte Casandra.

Die Leiterin nickte und zeigte ihnen die Fotowand. Petra schaute sich die Fotos von den blonden Kindern an. Aber sie war sich nicht sicher, um wen es sich gehandelt haben könnte. Casandra meinte, die Entführte müsse ja nicht unbedingt zu diesem Kindergarten gehören, obwohl sich die Vermutung anbiete.

Frau Brenner kam mit sorgenvollem Gesicht zurück und sagte, ein Markus Becker fehle noch. Sie deutete auf eines der Fotos.

„Ich glaube gehört zu haben, dass das Kind ,Maria' gerufen hat", sagte Petra. „Leider ist diese Begleiterin schwer verletzt worden und war vorhin nicht bei Bewusstsein. Eine junge schwarzhaarige Frau, vielleicht aus Südeuropa."

„Himmel, dass könnte das Au-pair-Mädchen Maria sein, das seit einigen Wochen Markus hierher bringt. Einen Augenblick, hier sind die Unterlagen. Markus Becker, fünf Jahre alt, Abholberechtigte sind die Eltern, ein Großvater und das Au-pair-Mädchen Maria Fuentes. Eine Spanierin, die gut Deutsch spricht."

„Ein Foto von ihr haben Sie aber nicht?"

„Nein, leider nicht."

„Frau Brenner, geben Sie uns bitte die Adresse der Eltern! Wie schon gesagt: Erzählen Sie bitte vorläufig niemandem hier oder auch sonst, dass das Kind entführt wurde. Ihren Kolleginnen und den anderen Kindern gegenüber, wenn notwendig, bitte eine kleine Notlüge. Etwa: Markus ist krank und kann nicht kommen. Vielen Dank für Ihre Kooperation. Wir hoffen alle, dass das Ganze glimpflich ausgeht. Auf Wiedersehen."

Zurück auf der Straße sahen sie, dass der Rettungswagen nicht mehr da war. Kollegen hatten den Tatort abgesperrt und untersuchten ihn. Sie trafen in der Nähe Max, der bisher noch keine Tatzeugen gefunden hatte.

„Ok, Max, suche bitte weiter! Petra und ich werden die Eltern des entführten Kindes aufsuchen. Die wohnen auch hier in der Wiehre. Bei der angeschossenen Frau handelt es sich offensichtlich um das spanische Au-pair-Mädchen. Wir..."

Da wurde Casandra durch das Klingeln ihres Diensthandys unterbrochen. Sie meldete sich und machte erstaunte Augen.

„Ok, danke. Ich schicke sofort den Kollegen Sondermann zu Ihnen und Kollegen von der Technik zwecks Spurensicherung.“

Die beiden Kollegen sahen sie fragend an.

„Der Mercedes ist schon gefunden. Ein paar Straßen weiter. Vermutlich haben die Entführer dort das Auto gewechselt. Max, geh gleich dahin! Ich nehme an, dass der Wagen gestohlen wurde. “

Sie teilte Max die genaue Fundstelle des Fluchtautos mit und machte sich dann mit Petra auf den Weg zu den Eltern des kleinen Markus.

2.

Sie parkten vor der Villa der Beckers. Es gab zwei Klingeln: Becker und Dr. Becker. Bei Dr. Becker antwortete niemand, bei Becker auch nicht. Doch trat aus dem das Haus umgebenden Garten eine Frau auf sie zu.

„Sie wünschen?“

„Frau Becker?“

Die Kriminalistinnen stellten sich vor und baten, ob man im Haus mit einander sprechen könne.

„Frau Becker, beschäftigen Sie ein Au-pair-Mädchen namens Maria Fuentes?“

„Ja. Ist ihr etwas passiert? Was ist mit meinem Sohn?“

Petra schilderte, was sich vor ihren Augen zugetragen hatte. Frau Becker brach zusammen. Die Kommissarinnen kümmerten sich um die Frau. Nachdem diese wieder halbwegs bei Sinnen war, fragten sie nach Maria.

„Sie wurde durch einen Schuss schwer verletzt", antwortet Petra. „Vermutlich wird sie gerade in der Uni-Klinik operiert. Wir müssen abwarten, wie es um sie steht. Sobald wir mehr wissen, informieren wir Sie."

„Ich muss das doch ihren Eltern in Spanien sagen."

„Ja, natürlich, aber warten wir doch erst die Operation ab", sagte Casandra. „Frau Becker, sind Sie in der Lage, uns einige Fragen zu beantworten?"

Die Frau nickte.

„Gut. Zunächst: An der Tür steht einmal Becker und dann noch Dr. Becker."

„Becker sind wir, mein Mann, Markus und ich. Dr. Becker ist mein Schwiegervater. Er wohnt im Erdgeschoss, wir darüber. Unter dem Dach ist eine kleine Dachwohnung, in der Maria untergebracht ist. Wir haben sie als Au-pair-Mädchen engagiert, da ich seit einigen Monaten wieder arbeite. Ich habe eine halbe Stelle an der Grundschule."

„Und Ihr Mann? Was macht er beruflich?"

„Er und mein Schwiegervater haben ein großes Rechtsanwaltbüro, Becker & Sohn."

„Sind die beiden gerade dort?"

„Nein. Sie sind mitten in einem einwöchigen Wanderurlaub in den Dolomiten. Himmel, ich muss ihnen doch das sofort mitteilen, ich meine, die Entführung, die Verletzung Marias."

„Natürlich, Frau Becker. Können Sie mir anschließend bitte das Handy weiterreichen, damit ich auch mit ihrem Mann sprechen kann."

Frau Becker erreichte nach einigen Versuchen ihren Mann und erzählte, immer wieder von Weinanfällen unterbrochen, was passiert war. Am Ende reichte sie das Telefon an Casandra weiter.

„Hier ist Kriminalhauptkommissarin Deggenforst. Herr Becker, es tut mir Leid, dass sie über Telefon von dieser Entführung und von der lebensgefährlichen Verletzung Ihres Au-pair-Mädchens erfahren. Wie bitte?"

„Frau Kommissarin, wir, mein Vater und ich, fahren natürlich umgehend nach Hause zurück. Wir werden in der Nacht zu Hause sein."

„Gut, dann werde ich morgen Vormittag wieder hier sein. Vielleicht können Sie mir aber doch ein paar Fragen beantworten. Ja? Danke. Haben Sie oder Ihr Vater in der Vergangenheit, vor allem in der jüngsten Vergangenheit irgendwelche Drohungen erhalten? Gab es irgend etwas Verdächtiges? Wer könnte Ihnen schaden wollen? Dazu fällt Ihnen nichts ein?

Ich werde Sie das morgen nochmals fragen, und Ihren Vater. Es könnte sein, dass die Entführer Geld erpressen wollen. Könnten Sie eine größere Summe zahlen? Ja? Ihr Vater ist durch Grundstückbesitz und Immobilien ziemlich vermögend. Ok. Letzter Punkt: Da Ihr Au-pair-Mädchen Opfer eines versuchten Tötungsdelikts wurde, sie ist lebensgefährlich vor den Augen meiner Kollegin angeschossen worden, müssen wir von der Mordkommission natürlich ermitteln. Das macht die Entführung noch komplizierter als sie schon ist. Sind Sie und ihr Vater einverstanden, dass meine Kollegen von der Technik ihre Telefone hier im Haus überwachen? Ja? Gut. Dann wünsche ich Ihnen eine problemlose Heimfahrt. Wollen Sie nochmals mit Ihrer Frau sprechen? Ja. Ok."

Casandra reichte das Handy an Frau Becker zurück und ging mit Petra ein paar Schritte weg.
„Ruf bitte die TK-Kollegen an, dass sie gleich kommen, um das Telefon hier und in der Wohnung von Dr. Becker anzuzapfen. Mit dem zuständigen Richter spreche ich gleich."
Frau Becker hatte ihr Gespräch beendet und schaute fragend Casandra an, die wieder zu ihr getreten war.
„Frau Becker, Sie haben mein Gespräch mit Ihrem Mann mitgehört. Falls Ihnen noch etwas Ungewöhnliches einfällt, wie etwa Fremde in der Nähe

des Hauses oder etwas zu Ihrem Au-pair-Mädchen, so unwichtig es Ihnen auch erscheinen mag, sagen Sie es uns bitte. Wenn Sie psychologische Betreuung benötigen, können wir das organisieren. Nein? Ok. Wissen Sie, ob Maria hier Freundinnen oder Freunde hatte?"

„Sie hat sich in Ihrer freien Zeit sicher mit Gleichaltrigen getroffen, zum Beispiel in einen Tanzschuppen, in den sie manchmal gegangen ist. Sie ging joggen. Aber von festen Bekanntschaften weiß ich nichts. Davon hat sie mir nichts erzählt."

„Ich nehme an, dass Maria ein Handy hat."

„Ja, natürlich."

„Können wir einen Blick in ihr Zimmer unter dem Dach werfen?"

„Ja. Ich nehme nicht an, dass sie es abgeschlossen hat,"

Casandra und Petra schauten sich in der kleinen Dachwohnung um, doch fiel ihnen nichts Besonderes auf. Bis auf ein Foto, offenbar ein Familienfoto mit Eltern, ihr und wohl zwei Geschwistern, fanden sie nichts Persönliches. Auch kein Handy

„Das Handy steckt möglichrweise in ihrer Jackentasche oder Hosentasche", sagte Petra. „Daran habe ich vor Ort angesichts der blutenden Wunde nicht gedacht."

„Verständlicherweise", meinte Casandra. „Ich schaue

auf dem Weg ins Präsidium bei der Uniklinik vorbei und kümmere micht darum. Ich hoffe nur, dass Maria das Attentat übersteht und bald vernehmungsfähig ist. Sie hat den Täter oder die Täterin ja aus nächster Nähe erlebt. Petra bleib noch hier im Haus, bis die Kollegen von der Technik eintreffen. Ich will nicht, dass Frau Becker allein hier ist und auf dumme Gedanken kommt,"

„Dumme Gedanken?"

„Na, zum Beispiel, dass sie ihrer Busenfreundin oder den eventuellen Paten ihres Sohns ihr Leid klagt und es dann bald die halbe Stadt weiß."

3.

Im Büro erwartete sie Max und klärte sie über den Mercedes auf. Der Halter war ein Apotheker, der den Wagen in der Nähe der Apotheke geparkt hatte. Ihm war nicht aufgefallen, dass er gestohlen worden war,. Er hat nach seinen Aussagen und der der Mitarbeiterinnen die Apotheke an diesem Vormittag nicht verlassen.

„Vielleicht haben wir ein wenig Glück", sagte Max. „Er sagte, dass er den Wagen zwei Tage vorher außen und innen von Profis reinigen ließ. Seitdem habe nur er im Wagen gesessen. Ich habe natürlich veranlasst, dass ihm Fingerabdrücke und eine DNA-Probe genommen wurde. Falls die Entführer Spuren hinterlassen haben..."

„Gut, Max. Hoffen wir es. Die Entführer haben also den Mercedes gestohlen und sind dann offensichtlich kurz darauf in ein vermutlich bereitstehendes Auto umgestiegen. Gibt es dazu Zeugen?"

„Bisher nicht. Uniformierte Kollegen befragen noch die Nachbarschaft."

„Also abwarten. Hier ist übrigens das Handy der Verletzten. In der Klinik fand es sich in der Jacke Marias. Kümmere dich bitte darum."

Casandra informierte ihn darüber, was sie im Haus Becker erfahren hatten. Später rief sie in der Uni-Klinik an und erfuhr, dass die Operation von Maria Fuentes gut verlaufen sei, doch schwebe sie weiter in Lebensgefahr. Sie sei in ein künstliches Koma versetzt worden. Casandra gab die Nachricht an Frau Becker weiter. Wenn sie das den Eltern Marias mitteile, solle sie bitte die Entführung nicht erwähnen, Es sei bei einem Überfall passiert. Die Polizei ermittle mit allen Kräften.

Eine Sonderkommission ‚Markus' wurde eingerichtet, Casandra zur Soko-Leiterin bestimmt. Diskutiert wurde, wie weit die Medien eingeschaltet werden sollten.

„Wir sprechen zunächst nur von einem Überfall auf eine junge Spanierin. Diese liege durch einen Pistolenschuss lebensgefährlich verletzt in der Uni-Klinik. Die Polizei ermittle in alle Richtungen", gab Casandra als Marschrichtung vor. „Uns ist allen klar, dass das den Entführungsfall komplizierter macht. Die Entführer müssen nach dem Schuss damit rechnen, dass die Polizei ermittelt. Unklar ist noch, ob es sich bei der Entführung um die Erpressung von Lösegeld geht. Sobald die Beckers in Freiburg zurück sind, müssen wir versuchen zu klären, was dahinter stecken könnte."

„Vielleicht gibt es ja bis dahin schon eine Lösegeldforderung", sagte Max.

„Vielleicht. Warten wir es ab. Wir müssen...", doch brach Casandra ab, denn eine Kollegin trat erregt in den Raum. Casandra nickte ihr ermunternd zu.

„Wir sind fündig geworden. In dem Mercedes haben wir eine DNA gefunden, die sich zuordnen lässt. Es handelt sich um eine Renate Busch, 23 Jahre alt, eine Junkie, die schon eine Jugendstrafe von zwei Jahren hinter sich hat. Wegen Drogendealerei und wegen Körperverletzung."

„Prima, vielen Dank für die rasche Bearbeitung des Falls."

Max sah sofort nach und fand eine Freiburger Innenstadtadresse. Renate Busch war dort seit zwei Jahren polizeilich gemeldet. Casandra informierte die ins Präsidium zurückgekehrte Petra.

„Max, druck bitte zwei Fotos der Dame aus. Mit dem einem gehst du zu dem Apotheker, ob er die Frau schon mal gesehen hat. Vielleicht hat sie ja nach einem potenziellen Auto Ausschau gehalten. Petra und ich machen uns zu dem Wohnsitz der Frau auf."

Eine Viertelstunde später standen die zwei Kommissarinnen vor einem etwas heruntergekommenen Gebäude. Den Briefkästenbeschriftungen nach wohnten hier wohl Wohngemeinschaften. Den Namen Renate Busch fanden sie aber nicht darunter. Also klingelten sie hintereinander an den Wohnungstüren. Bei der siebten im vierten Stock wurden sie fündig. Die Studentin, die öffnete, erinnerte sich an Renate.

„Kommen Sie rein, Sie sind wirklich Bull...ich meine von der Kripo? Ja, Rena, so wollte sie genannt werden, hat hier bis vor sechs Monaten über ein Jahr gewohnt. Eine sehr unerfreuliche Wohngenossin. Dass sie eine Junkie ist, war klar. Aber wir waren da großzügig. Als wir mitkriegten, dass sie aber auch dealte, untersagten wir ihr das wiederholt. Rena wurde pampig und handgreiflich. Zuletzt warfen wir sie raus."

„Sie machte da einfach mit?"

„Ne, natürlich nicht. Aber wir drohten ihr dann..."

„Mit den Bullen?", ergänzte Petra grinsend.

„Ja, was blieb uns anders übrig? Gegen einen Joint

haben wir nichts, aber so ging das einfach nicht. Im Übrigen war sie völlig unkooperativ, beteiligte sich nur sporadisch, nach Lust und Laune am Saubermachen und am Küchendienst."

„Wissen Sie, wohin sie ging?"

„Ne. Sie gab aber beim Auszug damit an, einen geilen Kerl kennengelernt zu haben, bei dem sie wohnen könne. In einer schicken Wohnung. Und dass sie froh sei, endlich aus diesem Loch zu kommen."

„Wissen Sie etwas über diesen geilen Typ?"

„Ne. Wir hielten das für erstunken und erlogen. Andererseits..."

„Andererseits?", hakte Petra nach.

„Andererseits ist Rena hübsch. Wirklich attraktiv, wenn sie nicht gerade bekifft ist oder ausrastet."

„Hat sie auch härteres Zeug genommen?"

„Das nehme ich schwer an."

„Hat diese Renate bei ihrem Auszug etwas dagelassen?"

„Kann sein, aber das haben wir todsicher weggeschmissen. Ihre letzte Monatsmiete ist die uns immer noch schuldig."

Petra gab der Studentin ihre Visitenkarte und bat, sie anzurufen, falls ihr noch etwas einfiele oder sie sehen sollte.

„Hat Rena denn was ausgefressen, dass die Kripo hinter ihr her ist?"

„Zu laufenden Ermittlungen dürfen wir keine Auskunft geben. Danke für Ihre Geduld und Tschüss."

Auf der Fahrt ins Präsidium waren sich die Kommissarinnen einig, dass dieser ‚geile Kerl' gefunden werden musste, falls es ihn gab. Vielleicht saß er ja bei der Entführung mit im Auto. Im Büro tauschten sie sich mit Max aus. In der Apotheke hatte keiner die junge Frau auf dem Foto gekannt. Und der Apotheker beteuerte, dass er die Frau noch nie in seinem Wagen mitgenommen habe.
Es wurde eine Fahndung nach Renate Busch veranlasst. Falls sie gesehen würde, keinen Zugriff, nur Beobachtung.
Die Kollegen im Haus Becker konnten nur sagen, dass sich die Entführer bisher nicht gemeldet hatten.

4.

Am Tag zwei der Entführung suchten Casandra und Petra das Haus Becker um 9 Uhr auf. Die Kriminalkommissarinnen gingen mit Becker senior und junior in ein Arbeitszimmer, wo sie Casandra auf den neuesten Stand der Ermittlungen brachte. Das Foto von Renate Busch sagte beiden nichts. Die Frau habe man noch nie gesehen, zumindest nicht bewusst wahrgenommen.

Dr. Becker beschwor die Kriminalkommissarinnen, ihm sein geliebtes Enkelkind heil zurückzubringen. Er sei bereit, auch eine sehr große Summe Lösegeld zu zahlen. Nein, er habe natürlich keine Million oder so in bar, aber genug Grundstücke und Immobilien als Garantie, so dass seine Bank sicher problemlos das Geld bereit stellen würde. Casandra betonte, dass man abwarten müsse, ob so eine Forderung komme oder nicht. Würden sie denn jemand kennen, dem sie eine solche Entführung zutrauen könnten. Habe es Drohungen gegeben, Verdächtiges im privaten oder beruflichen Bereich. Das wurde vereint,

„Meine Damen Kommissarinnen", sagte Dr. Becker. Wir sind eine große Rechtsanwaltskanzlei, eine der größten in Freiburg. Wir sind da wie eine große Familie."

Dann brach er in Tränen aus, seufzte mehrmals „mein kleiner Markus" und zog sich zurück. Sein Sohn entschuldigte seinen Vater. Er sei zwar offiziell der Geschäftsführer der Kanzlei, aber seit einem Jahre habe er körperlich und auch geistig doch etwas abgebaut. Das operative Geschäft führe er.

„Dann hake ich nach, Herr Becker", sagte Casandra. „Ist die Kanzlei wirklich eine große Familie? Gab oder gibt es keine Konflikte? Wurde möglicherweise eine Mitarbeiterin, ein Mitarbeiter verprellt? Hat es

Kündigungen gegeben?"

Berg junior überlegte eine Weile.

„Insgesamt ging und geht seit Jahren alles ziemlich reibungslos. Aber jetzt fällt mir ein: Vor einem Jahr etwa mussten wir wirklich jemandem kündigen. Da war ein junger Mann, Kraus hieß er, der bei uns zum Rechtsanwaltsfachangestellten ausgebildet wurde. Das ist eine duale Ausbildung. Auf diesen Kraus fiel eines Tages unser Verdacht, dass er Interna an konkurrierende Kollegen verkaufe. Beweisen konnten wir es ihm nicht. Da er sich aber auch sonst als unzuverlässig herausstellte, oft unentschuldigt zu spät kam, mahnten wir ihn mehrmals ab und kündigten ihm dann. Er war ziemlich sauer, wie ich mich erinnere, und stieß Drohungen aus. An Einzelheiten erinnere ich mich wirklich nicht."

„Vielleicht eine Spur, Herr Becker. Den vollen Namen wissen Sie nicht?"

„Nein, diese unerfreuliche Geschichte habe ich aus meinem Gedächtnis gestrichen. Aber meine Sekretärin kann den vollen Namen sicherlich nachschlagen."

Er telefonierte ein paar Minuten mit seinem Büro, machte sich ein paar Notizen und bedankte sich für die Auskunft,

„Also, der volle Namen ist Richard Kraus. Er ist jetzt 19 Jahre alt. Gekündigt wurde ihm vor elf Monaten. Meine Sekretärin erinnerte sich, dass er bei seiner

Großmutter in der March wohnte. Er war Vollwaise. Seine Eltern starben bei einem Verkehrsunfall, und er wuchs bei seiner Großmutter auf. Hier ist die Adresse von ihr."

„Herr Becker, das könnte ein wertvoller Tipp sein. Wir gehen der Sache umgehend nach. Bitte, wie schon gesagt, über die Entführung mit niemandem außerhalb der Familie sprechen. Passen Sie bitte auf, dass sich auch Ihr Herr Vater daran hält! Er ist emotional so aufgewühlt. Sollten sich die Entführer melden, könnte es sein, dass sie mit Ihrem Vater sprechen wollen, der möglichen Geldquelle. Lassen Sie das nicht zu! Sagen Sie, er sei in ärztlicher Behandlung. Die Entführung habe ihm stark zugesetzt. Oder etwas Ähnliches. Beharren Sie darauf, dass ohne ein telefonisches Lebenszeichen ihres Sohns nichts bezahlt werde. Da müssen Sie hart sein. Ich wünsche Ihnen und der Familie viel Kraft. Wenn es Fragen geben sollte, melden Sie sich!"
Im Wagen rief Petra im Präsidium an und teilte Max mit, was sie gerade erfahren hatten. Er solle mal checken, ob Frau Kraus noch an dieser Adresse gemeldet sei. Kurz darauf rief er zurück:
„Das Haus gehört Frau Kraus. Sie ist dort polizeilich gemeldet – und auch ihr Enkel Richard. Sie ist übrigens die Halterin eines alten Golfs. Die Daten des

Nummernschilds schicke ich euch als Whatsapp. Viel Erfolg. Die Suche nach Renate Busch ist übrigens bisher erfolglos. Von Medienvertretern werden wir ziemlich genervt. Man habe von einer Entführung eines Kindes gehört. Wir verweisen aber auf unsere Überfall-Meldung und dass wir zu laufenden Ermittlungen keine Auskunft geben können."

5.

Nach einer halben Stunde parkten die zwei Kriminalkommissarinnen vor dem Haus von Frau Kraus. Ein Golf oder eine Garage, in der der Wagen hätte stehen können, war nicht zu sehen. Sie klingelten an der Haustür. Es dauerte eine ganze Weile, bis die Tür geöffnet wurde und eine alt, sich auf einen Stock stützende Frau sie fragend anschaute.

„Frau Kraus?", fragte Casandra.

„Ja. Sie wünschen?"

„Entschuldigen Sie die Störung, Frau Kraus. Wir sind von der Polizei. Deggendorf, und das ist meine Kollegin Weiling. Hier sind unsere Ausweise. Dürfen wir hereinkommen."

„Meinem Enkel ist doch hoffentlich nichts passiert. Kommen Sie herein."

Sie führte die Kommissarinnen ins Wohnzimmer,

forderte sie auf, sich zu setzen und setzte sich dann selbst etwas mühsam.

„Frau Kraus, wie kommen Sie darauf, dass Ihrem Enkel etwas passiert sein könnte?"

„Er hat sich seit zwei Tagen nicht mehr gemeldet. Er ist mit seiner Freundin für ein paar Tage in Urlaub gefahren. Doch wollte er regelmäßig anrufen, um sicher zu sein, dass es mir gut geht. Aber warum kommen Sie zu mir? Ist ihm etwas passiert?"

„Das hoffen wir nicht. Aber er könnte in Gefahr sein?"

„In Gefahr? Wissen Sie denn, wo er ist?"

„Nein. Aber seine Freundin..."

„Die Renate? Was ist mit der? Ist ihr etwas passiert?"

„Es gab einen Zwischenfall, an dem sie beteiligt sein könnte. Wir ermitteln da gerade. Wissen Sie, wie diese Renate mit Nachnamen heißt? Nein? Könnte sie das sein?", fragte Petra und zeigte das Fahndungsfoto. Frau Kraus betrachtete es eine Weile und bat dann, dass man ihr doch ihre Brille dort auf dem Sekretär reichen möge. Sie schaute mit der Brille auf der Nase das Foto weiter an.

„Es könnte Renate sein. Aber es ist kein schönes Foto. In Wirklichkeit ist Renate eine sehr hübsche junge Frau und so liebenswürdig und hilfsbereit."

„Sie kennen die Freundin ihres Enkels schon länger?"

„Sie wohnt seit ein paar Monaten mit ihm unter dem

Dach."

„Und Ihr Enkel ist mit Renate in Urlaub gefahren. Hat er denn ein Auto?"

„Nein, er benutzt meinen Golf. Ich kann schon seit längerem nicht mehr fahren. Die Augen, die Konzentration, alles malade. Manchmal hat er mich zu einem Ausflug in den Schwarzwald oder ins Elsass gefahren. Er kümmert sich wirklich lieb um mich. Vielleicht ist es ja mit den beiden jungen Leute ernst und ich bekomme noch einen Enkel, nein einen Urenkel."

Während Casandra mit der alten Dame sprach, schaute sich Petra unauffällig in der Wohnung um. Sie deutete auf einige Fotos, die auf einer Kommode in Rahmen standen.

„Ist das da drüben Ihr Enkel, Frau Kraus?"

„Ja, schauen Sie ruhig alles an. Da ist auch ein Foto von unserem Gartenhaus. Das hatte damals mein Mann selbst gebaut. Ein paar Kilometer von hier, direkt am Wald. Früher war es dort ganz einsam. Jetzt gibt es auf der anderen Seite der Wiese eine Schrebergartenkolonie. Früher haben wir viel Zeit im Gartenhaus verbracht. Aber jetzt...ich war, glaube ich, das letzte Mal mit Markus und Renate einmal dort."

„Frau Kraus", sagte Casandra, „Ihnen fällt wirklich nicht ein, wo die beiden Urlaub machen wollten?"

„Nein, tut mir wirklich Leid. Entschuldigen Sie mein

schlechtes Gedächtnis. Ist denn was passiert?"

„Das versuchen wir gerade herauszufinden, Frau Kraus. Vielleicht sind ja oben in der Wohnung ihres Enkels Hinweise auf seine Urlaubspläne. Darf meine Kollegin einmal kurz nachsehen? Das könnte eine Hilfe sein."

„Ja, ja. Schauen Sie nach!"

Während Petra nach oben ging, sprach Casandra weiter mit Frau Kraus.

„Was machen denn Ihr Enkel und Renate beruflich?"

„Also mein Enkel ist Mitarbeiter eines Rechtsanwalts. Ich weiß gar nicht, ob er schon fertig ausgebildet ist. Ja, ein Rechtsanwalt. Irgendwo in Freiburg."

„Und seine Freundin?"

„Die macht so Gelegenheitsjobs. Was genau, weiß ich gar nicht. Sie hat es mir gesagt, aber mein Gedächtnis. Ich vergesse alles wieder so schnell."

„Hat Ihr Enkel Ihnen denn eine Telefonnummer hinterlassen? So als Notrufmöglichkeit. Es könnte ja sein, dass Sie in ihrem Alter einmal plötzlich Hilfe brauchen."

„Ja, ich glaube er hat mir seine Handynummer aufgeschrieben. Aber wo habe ich die nur hingelegt? Können Sie einmal auf dem Sekretär nachschauen? Ist da nichts? Ich dachte, ich dachte. Ach mein armer Kopf. Tut mir Leid."

„Schon gut, Frau Kraus. War nur so eine Überlegung.

Ah, da kommt ja schon meine Kollegin."

„Zu dem möglichen Urlaubsziel Ihres Enkels, Frau Kraus, habe ich leider nichts gefunden", sagte Petra. „Aber wenn wir etwas herausfinden, melden wir uns bei Ihnen. Kommen Sie denn ohne die Hilfe Ihres Enkels hier allein zurecht?"

„Ach, irgendwie klappt es schon. Von der Kirchengemeinde kommt immer wieder jemand vorbei. Die lassen mich nicht im Stich. Sie wollen schon wieder gehen?"

„Ja, auf uns wartet Arbeit. Frau Kraus, vielen Dank. Passen Sie auf sich auf! Bis bald vielleicht. Auf Wiedersehen. Nein, wir finden allein hinaus. Bemühen Sie sich nicht."

Zurück im Wagen schauten sich Casandra und Petra vielsagend an.

„Wir werden unsere Techniker herschicken müssen, damit wir Gewissheit haben, dass diese Renate wirklich unsere Entführerin ist."

„Nicht notwendig, Casandra."

Petra zog zwei Plastikhüllen aus der Jackentasche.

„Blondes Haar von oben und eine Puderdose."

„Du weißt, dass das nicht legal ist. Aber rücksichtsvoll. Du willst die alte Dame nicht durch einen Polizei-Trupp erschrecken. Und falls sich der Enkel doch bei seiner Großmutter melden sollte, war unser

Besuch allein nicht ganz so eindeutig.“

„Ok, Petra. Ich nehme an, dass du Fotos von den Fotos auf der Kommode gemacht hast.“

„Klar. Was meinst du zu dem abgelegenen Gartenhaus? Wäre das nicht ein Versteck, Casandra?“

„Muss überprüft werden. Wenn wir Klarheit haben, dass die Freundin Petra Busch ist, sind wir einen guten Schritt weiter. Dann würde alles dafür sprechen, dass Kraus der zweite Entführer sein könnte.“

6.

Zurück im Präsidium brachte Petra ihre Funde sogleich zur Spurensicherung und bat um umgehende Bearbeitung. Casandra berichtete inzwischen Max über ihre Ermittlungen in der March.

„Wir warten ab, ob die Proben, die Petra mitgenommen hat, wirklich wie vermutet Renate Busch zugeordnet werden können. Kannst Du bitte die genaue Lage des Gartenhauses herauskriegen!“

Petra kam ins Büro und zeigte ihrem Kollegen das abfotografierte Foto von Markus Kraus und das des Gartenhauses. Von den Kollegen in Beckers Haus war nichts Neues vermeldet worden. Die Entführer hatten sich noch nicht gemeldet. Die drei Kommissare aßen in der Kantine eine Kleinigkeit zu Mittag und besprachen anschließend noch einmal die Lage. Diese Warterei war nervtötend, der Gedanke an den kleinen Jungen in den Händen der Entführer peinigend. Am frühen Nachmittag wurde bestätigt, dass die im Haus Kraus gefundenen Haare mit der DNA Renate Buschs übereinstimmte.

„Ok", sagte Casandra. „Busch und Kraus sind wohl unsere Entführer. Ob weitere Leute an der Entführung beteiligt sind, können wir natürlich nicht ausschließen. Im Mercedes saßen zwei Leute. Wir unterstellen einmal, dass es das Pärchen ist. Die stille Fahndung wird auf Kraus ausgeweitet sowie auf den Golf. Den Streifen klar machen, dass auf keinen Fall ein Zugriff erfolgen soll, falls man fündig wird. Wir dürfen das Kind nicht in Gefahr bringen. Ich werde eine richterliche Anordnung zur Überwachung des Telefons von Frau Kraus einholen. Sicherheitshalber. Vielleicht meldet sich der Enkel doch bei der Großmutter."

„Was machen wir mit dem Gartenhaus?", fragte Petra „Da habe ich für euch beide eine schöne Aufgabe. Ihr seid doch beide Jogger. Fahrt nach Hause, zieht euch um, fahrt zu dieser Laubenkolonie, die es in der Nähe des Gartenhauses gibt, und dreht ein paar unauffällige Runden. Versucht herauszufinden, ob sich jemand in dem Haus befindet. Vielleicht raucht ein Kamin. Vielleicht hat jemand in der Kolonie etwas bemerkt. Auf jeden Fall muss das so unauffällig passieren, dass im Haus kein Verdacht entstehen kann."

„Casandra, können wir das nicht öfters machen, so ein dienstliches Jogging?", sagte Max grinsend.

„Mal sehen, ob sich das einrichten lässt. Falls es etwas Auffälliges gibt, meldet euch von dort. Aber keine Alleingänge!"

„Also, Casandra, ich kann mir nicht vorstellen, dass das Pärchen so naiv ist, und das Gartenhaus als Unterschlupf benutzt", meinte Max

„Ich schon. Die zwei machen mir einen ziemlich unbedarften Eindruck. Profis sind sie auf keinen Fall, sonst hätten sie das den Jungen erst gar nicht an einer belebten Straße entführt. Von dem Pistolenschuss mal ganz abgesehen. Los ihr beide!"

Casandra besorgte den richterlichen Beschluss zur Überwachung des Telefons von Frau Kraus. Dann tigerte sie unruhig im Büro auf und ab. Auf ihrem Schreibtisch lag ein Foto von Markus. Ihr ging das lachende Gesicht des Kleinen nicht aus dem Sinn. Das Kind war jetzt schon eineinhalb Tage in der Gewalt der Entführer. Was für ein traumatisches Erlebnis musste das für den Kleinen sein. Mit seinen fünf Jahren verstand er, dass er in fremder Hand ist, und doch verstand er vermutlich gar nichts. Casandra wusste nur eins: Sie würde alles, wirklich alles tun, damit Markus heil zu seinen Eltern zurückkehren konnte. Wenn ein Kind so etwas überhaupt seelisch heil überstehen konnte.

Das Telefon klingelte. Felix meldete sich.

„Hallo, Casandra, entschuldige die Störung. Ich habe gerade in einem Lokalsender gehört, dass in Freiburg ein Kind entführt worden sei. Ich nehme an, dass du deshalb seit gestern nicht mehr ansprechbar bist."

„So ein Mist", entfuhr es ihr. „Wurden irgendwelche Einzelheiten genannt?

„Nein. Nur dass die Polizei bisher nur von einem Überfall rede."

„Danke, Felix. Du weißt, dass ich nicht über laufende Ermittlungen sprechen darf. Aber du hast Recht. Das Ganze geht mir an die Nieren. Es ist das erste Mal, dass ich so einen Fall habe. Ich versuche, heute Abend rechtzeitig zum Essen zu kommen. Am besten kochst du etwas, was leicht aufgewärmt werden kann. Ich umarme dich. Tschüss."

Dass die Entführung nicht geheimgehalten werden konnte, das hatte sie von Anfang an befürchtet. Aber wer bei einer Entführung in aller Öffentlichkeit auch noch schießt, musste mit so etwas rechnen. Doch hatte Casandra Zweifel daran, dass die zwei jungen Kriminellen überhaupt rechneten. Das machte die Lage einerseits völlig unberechenbar. Andererseits gab es vielleicht Eingreifmöglichkeiten, die bei Profi-entführern undenkbar wären.

Das Telefon klingelte wieder. Es war Max.

„Casandra, du wirst es nicht glauben. Beim Garten-haus parkt unser gesuchter alter Golf, das Auto von Frau Kraus. Es sieht so aus, als hättest du Recht."

„Gibt es sonst Hinweise darauf, dass die Entführer dort sind?"

„Ja, wir haben jemanden gesehen, der aus dem Haus trat und das neben dem Haus stehende Toiletten-häuschen benutzt hat. Die Entfernung ist zu groß, um mit Sicherheit zu sagen, dass es Richard Kraus ist. Ich hätte ein Fernglas mitnehmen sollen."

„Schon gut. Ein Jogger mit Fernglas wäre etwas un-gewöhnlich. Wo seid ihr gerade?"

„Wir sind in einer Gartenwirtschaft, die zu der Lau-benkolonie gehört. Von einem Fenster kann man sogar einen Teil des Hauses sehen. Ich verstehe gar nicht, dass die hier so halböffentlich hausen mit dem Auto vor der Tür."

„Nun, das Gartenhaus wird ja wohl zu mindest gele-gentlich benutzt. Das fällt sicherlich niemandem auf. Bleibt vorläufig in der Wirtschaft. Ich setze mich mit dem SEK in Verbindung. Ich melde mich demnächst wieder."

Der Leiter des zuständigen Spezialeinsatzkom-mandos war sogar gleich telefonisch zu erreichen.

Casandra schilderte Karl Möller die Lage. Vorläufig musste noch gewartet werden, dass die Entführer sich melden.

„Ok", sagte Möller. „Klar, die Sicherheit des Jungen hat oberste Priorität. Ich werde die Einsatzmöglichkeit überprüfen. Sagen Sie Ihren Kollegen, dass wir sie so schnell wie möglich ablösen werden. Und informieren Sie mich natürlich, sobald es etwas Neues gibt. Irgendwann müssen sich die Entführer ja melden."

Casandra telefonierte mit Max und Petra und teilte ihnen mit, dass das SEK sie in einer Stunde oder so ablösen werde. Sie könnten dann Feierabend machen. Aber natürlich jederzeit erreichbar sein müssen. Ansonsten sehe man sich morgen im Büro. Und dann gab es weiter untätiges Warten auf einen Anruf der Entführer.

7.

Es war Abend geworden. Casandra entschloss sich, nach Hause zu fahren. Warten konnte sie auch dort. Doch dann meldete sich einer der Kollegen im Haus Becker. Die Entführer hatten sich gemeldet.

„Sie wollen 500.000 Euro in kleinen Scheinen. Keine

Polizei, sonst werde man den Kleinen nicht lebend wieder sehen. Es war eine Männerstimme, etwas verzerrt. Von einem Prepaidhandy, so dass wir das nicht weiter verfolgen konnten."

„Wo rief der Mann an?"

„Bei Dr. Becker."

„Das spricht für unseren Verdächtigen Kraus. Der weiß, wo das Geld zu holen ist."

„Ja, aber sein Sohn meldete sich und sagte, wie vereinbart, dass sein Vater von der Entführung so erschüttert ist, dass er in ärztlicher Behandlung ist. Und dann verlangte er, dass er mit seinem Sohn sprechen will. Der Entführer wollte erst nicht, aber Becker machte ihm klar: Ohne ein Lebenszeichen des Kindes kein Geld."

„Und?"

„Ja, dann kam es zu einem kurzen Gespräch mit dem Jungen. Das unterbrach dann aber der Entführer. Und wiederholte seine Forderungen. Becker sagte, dass sein Vater und er natürlich keine halbe Million im Haus habe. Man würde das Geld aber bis morgen Mittag besorgen."

„Und, wie reagierte der Entführer?"

„Er sagte, dass er sich da dann wegen der Übergabe des Geldes melden würde."

„Fiel Ihnen noch etwas auf?"

„Nein. Höchstens mein ganz subjektiver Eindruck:

Zumindest der Mann am Telefon ist ein unsicherer Dilettant."

„Da dürften Sie Recht haben. Sagen Sie bitte Herrn Becker, dass ich morgen spätestens um 11 Uhr ins Haus komme. Danke, Kollege."

Casandra rief SEK-Leiter Möller an und teilte ihm die neue Sachlage mit. Sobald sie morgen Mittag mehr wisse, informiere sie ihn sofort. Möglicher Einsatzzeitpunkt sei morgen Nachmittag. Auch Max und Petra erzählte sie, dass sich die Entführer gemeldet hätten. Sie würden sich morgen um 9 Uhr im Präsidium treffen. Diese Telefonate getätigt machte sie sich endlich auf die Heimfahrt. Auf der kurzen Fahrt überfiel sie plötzlich eine grausliche Ahnung, die sie aber gewaltsam unterdrückte.

Als sie ins Haus trat, roch es schon verlockend. Felix hantierte in der Küche und war überrascht, sie relativ früh zum Abendessen zu sehen. Aber er sei bald soweit. Es gebe Gaisburger Marsch. Als er das fragende Gesicht Casandras sah, klärte er sie über die schwäbische Spezialität auf: Ein Eintopf mit Rindfleisch, Kartoffeln und Spätzle. Bestreut dann im Teller mit klein geschnittener Petersilie und angebräunten Zwiebeln.

„Ich habe mich dafür entschieden, weil er jederzeit

aufgewärmt werden kann. Ich wusste ja nicht, wie spät es bei dir wird."

„Klingt exotisch verlockend, Felix. Ich habe bis auf ein Brötchen noch nichts gegessen und habe einen Bärenhunger. Ich hole mal unsere beste Flasche Wein aus dem Keller."

„Gibt es was zu feiern? Ist der Fall gelöst?"

„Nein, leider noch nicht. Morgen steht vielleicht der entscheidende Moment bevor. Aber ich will nicht davon sprechen. Ich will uns einfach was Gutes antun."

Casandra verschlang mit einem Heißhunger den Eintopf. Schöpfte zwei Mal nach und trank zwei Gläser Wein. Als wäre es eine Henkersmahlzeit, durchfuhr es sie.

„Felix, hör zu! Aber kein Wort zu irgend jemandem." Sie schilderte die Situation und wie sie das Foto des entführten Markus ständig vor Augen habe. Dass Entführungen an die Nieren gingen, auch bei den zuständigen Polizisten, war ihr ja theoretisch bewusst gewesen. Aber jetzt erlebte sie eine zum ersten Mal als zuständige Kriminalistin.

„Ich werde alles tun, dass der Kleine heil aus der Sache kommt. Es mag kommen, was da kommen mag."

„Himmel, Casandra, die Art und Weise, wie du das sagst, macht mir Angst. Wenn ich es richtig interpretiere, setzt du im Zweifelsfall dein eigenes Leben aufs

Spiel.“

„Ich habe keine Furcht vor dem Tod. Ich habe Ehrfurcht vor dem Leben.“

„Das stammt nicht von dir, Casandra.“

„Nein, das hat ein von mir geschätzter Autor geschrieben.“

„Hör zu! Natürlich musst du, müsst ihr alles Menschenmögliche tun, um das Kind aus den Händen der Entführer zu retten. Aber...“

„Kein aber, Felix! Wir haben uns bisher respektiert, wie wir sind. Ich stürze mich jetzt unter die Dusche und dann ins Bett. Ich habe unaufschiebbare Lust auf dich.“

8.

Am nächsten Morgen trafen sich die drei Kommissare im Präsidium.

„Hallo Petra, hallo Max! Ich fahre nachher zu Beckers, um bei dem Anruf wegen der Übergabe des Lösegelds und des Kleinen vor Ort zu sein. Ihr haltet euch in Bereitschaft, damit ihr gegebenenfalls sofort im Einsatz sein könnt. Das SEK ist auch sprungbereit. Wenn wir Glück haben, findet die Übergabe in der Nähe der Laubenkolonie statt. Kraus fühlt sich da in vertrauter Umgebung. Sozusagen Heimvorteil für ihn."

„Also, so blöd werden die doch nicht sein", warf Max ein.

„Ich halte es nicht für ausgeschlossen. Das sind keine raffinierten Strategen."

„Nein, Casandra."

„Doch, Max. Wollen wir wetten?"

„Ok. Um was?"

„Eine Packung Zigarillos. Du kennst ja meine Marke"

„Und wenn du die Wette verlierst, Casandra?"

„Dann spendiere ich dir, Petra eingeschlossen, ein Abendessen in Freiburgs ältester Gaststätte."

Sie schlugen ein. Die Wette war abgemacht.

Petra hatte sich zurückgehalten. Sie teilte die Skepsis von Max, aber Casandra hatte so oft das Richtige geahnt. Warten wir ab, dachte sie. Dann sagte sie:

„In verschiedenen Medien wird über eine mögliche Entführung gemunkelt. Die Polizei mauere aber. Hoffentlich drehen die Entführer nicht durch."

„Ja, das hoffen wir", pflichtet ihr Casandra bei.

„Aber bei einer Junkie und einem offensichtlichen Grünschnabel müssen wir mit allem rechnen. Im Negativen wie hoffentlich auch im Positiven. Kommt, lassen uns einen Kaffee trinken und ein Croissant eintunken! Ich habe eine ganze Tüte mitgebracht."

Die nächsten eineinhalb Stunden schlichen dahin.

Endlich war es so weit, dass Casandra zu Beckers losfuhr. Im Haus herrschte eine gespannte und gedrückte Atmosphäre. Casandra erklärte, wie sie die Sache bei einem Anruf gestalten wolle. Die Beckers stammelten viele „aber". Skeptisch und besorgt schauten auch die zwei Kollegen von der Technik drein, doch schwiegen sie. Gegen Mittag klingelte das Telefon. Der Entführer meldete sich. Becker antwortete:

„Einen Augenblick. Ich übergebe das Telefon an die Patentante von Markus."

Und Casandra sagte:

„Hier ist Elisabeth Braun, Markus' Patentante."

„Wie?...Was?...Was soll das?"

„Hören Sie, das Lösegeld war von Beckers nicht so schnell in voller Höhe zu besorgen. Ein Drittel habe ich beigesteuert. Wie haben Sie sich die Übergabe vorgestellt?"

Der Entführer stotterte ein Weile, dann sagte er:

„Bringen Sie die Tasche mit dem Geld in zwei Stunden zur Autobahnraststätte Freiburg-Süd. Dort ist in der Nähe des Eingangs ein Abfallkorb. Da stellen Sie die Tasche ab und verschwinden. Und keine krummen Tricks."

„Und Markus?"

„Der wird frei gelassen, sobald wir das Geld unbehindert an uns genommen haben."

„Nein!"

„Wie? Was nein?"

„Das Geld gibt es nur im direkten Austausch mit Markus."

„Sie können uns vertrauen. Wir haben dem Jungen nichts angetan."

Casandra gab ein trockenes Lachen von sich.

„Sagen Sie mir einen Grund, warum wir Ihnen vertrauen sollten? Warum sollten wir Entführern vertrauen, die brutal ein fünfjähriges Kind entführen und dabei noch seine Begleiterin lebensgefährlich niederschießen?"

„Aber, aber, ich schwöre, das war ein dummer Zufall. Ich schwöre, dass Sie Markus heil zurückbekommen, sobald wir das Geld haben."

„Ihren Schwur können Sie sich an den Hut stecken. Schwüre krimineller Entführer sind keinen Pfifferling wert. So geht das nicht?"

„Ja, was stellen Sie sich denn vor?"

„Hören Sie zu! Die Übergabe des Geldes und des Kindes muss gleichzeitig stattfinden. Beide Seiten müssen ihre Sicherheit haben. Also mein Vorschlag: Sie wählen einen Ort aus, der von Ihnen aus übersichtlich ist. Am besten einen, den Sie gut kennen, wo nicht getrickst werden kann, wo Sie sich sicher fühlen. Wir treffen uns in einem Abstand von 20 Metern oder so. Herr Becker und ich warten auf der einen Seite mit dem Geld, Sie auf der anderen mit dem Kind. Dann gehe ich mit der Geldtasche auf Sie zu. Auf halben Weg, ich bin dann in Schussweite bei Ihnen, schicken sie den Jungen zu mir. Ist er bei mir und geht zu seinem Vater weiter, komme ich mit dem Geld zu Ihnen. Sie haben dann das Geld und mich als Geisel. Sie sind also sicher."

Man hörte, wie der Entführer mit jemanden sprach. Es gab offenbar einen Streit zwischen den beiden. Dann meldete er sich wieder.

„Und Sie sind dann in unserer Hand?"

„Ja. Das ist Ihre Sicherheit. Und Sie haben 500.000 Euro in kleinen Scheinen in den Händen."

„Hören Sie, ich rufe gleich nochmal an."

Casandra schnaufte kurz durch. Sie musste rauchen. Aber die Zigarilloschachtel war leer. Einer der Kollegen hatte eine Zigarette für sie.

„Herr Becker, ich gehe kurz mit meinem Kollegen nach draußen. Wenn es klingelt, nehmen Sie ab. Ist es der Entführer, rufen Sie mich mit Vornamen Elisabeth, sollte ich noch vor der Tür stehen."

Draußen zündeten sich die zwei eine Zigarette an.

„Das ist ein Tanz auf Messers Schneide", sagte der Kollege. „Alle Achtung, wie Sie das gedeichselt haben. Aber eine sehr riskante Pokerpartie."

„Ja, vielleicht haben wir Glück. Der Entführer, dieser Kraus ist ein ziemlich einfältiger Typ. Berechenbar.

Das Problem könnte die Entführerin sein. Eine gewalttätige Junkie. Möglicherweise die treibende Kraft. Sie ist sicher nicht so berechenbar."

Sie hatten ausgeraucht und kehrten ins Wohnzimmer zurück. Das Telefon klingelte, Becker hob ab, meldete sich und reichte das Telefon weiter.

„Hier Schwarz, die Patentante von Markus."

„Ok, wir machen das so. Aber beim kleinsten Trick, können Sie ihr Patenkind vergessen."

„Versprochen. Keine Tricks. Wo soll das ganze stattfinden?"

„Sie kommen allein mit Becker und dem Geld. Nur sie zwei."

Und dann beschrieb Kraus die Laubenkolonie in der March und wie man da hinkommt.

„In einer Stunde spätestens sind Sie da! Parken Sie das Auto neben der Gaststätte dort. Stellen Sie sich mit Becker und der Tasche vor das Auto mit Blick auf das Gartenhaus vor dem Wald. Dort warten Sie! Verstanden?! Und nur sie zwei, sonst...."

Casandra bat die zwei Kollegen, das SEK und ihre zwei Kollegen sofort zu instruieren. Man solle sie dann anrufen, wo man sich treffen könne, ohne vom Gartenhaus bemerkt werden zu können.

„Frau Becker, bleiben Sie bitte mit ihrem Schwiegervater hier. Sobald es eine Neuigkeit gibt, wird sich ihr

Mann melden. Kommen Sie, Herr Becker! Wir nehmen Ihren Wagen. Den kennt Kraus vielleicht noch. Und vergessen Sie nicht das Geld!"

9.

An einem Parkplatz bei der Laubenkolonie, der von dem Gartenhaus nicht eingesehen werden konnte, trafen sich der SEK-Leiter Möller, Petra und Max sowie Casandra und Becker. Max trat gleich zu Casandra und überreichte ihr eine Schachtel mit Zigarillos, die er bei einem Zwischenstopp auf der Herfahrt gekauft hatte. Casandra nahm sie lächelnd entgegen und zündete sich gleich eines an.

„Das brauche ich jetzt. Eine letzte vor unserem Auftritt", sagte sie und stellte Becker dem SEK-Leiter und Max vor, die Stefanies Vater noch nicht kannten. Dann erklärte sie die Einzelheiten, der von ihr mit dem Entführer abgemachten Aktion. Die drei Kriminalisten schauten sie überrascht und besorgt an.

„Sie wollen sich in die Hände der Entführer begeben? Sie spielen mit ihrem Leben", warnte Möller.

„Priorität hat die Rettung des entführten Jungen. Alles andere ist zweitrangig. Darüber sind wir uns wohl einig. Das Weitere wird sich zeigen. Ich nehme an, Ihre Leute sind schon in Stellung gegangen."

„Ja, vor allem vom Wäldchen her, an das das Grundstück grenzt, haben wir eine gute Einsatzmöglichkeit. Das sind wir sehr nahe am Gartenhaus. Bisher war übrigens alles ruhig dort, so weit wir das beurteilen können."

„Gut. Damit klar ist: So lange das Kind nicht in Sicherheit ist, gibt es keinen Zugriff."

„Klar", sagte Möller. „Aber wenn alles so verläuft, wie sie das mit dem Entführer abgesprochen haben, sind Sie in den Händen der Entführer. Und was dann?"

„Ich nehme an, dass die Entführer sich dann mit mir als Geisel davonmachen wollen. Dann haben Sie die Entscheidungsgewalt, wann der passende Moment ist zuzugreifen. So lange ich im Haus mit den Entführern bin, unternehmen Sie aber nichts. Vielleicht kann ich den beiden klar machen, dass sie keine Chance haben und besser einlenken, bevor sie möglicherweise von Ihren Leuten erschossen werden.

„Ich wünsche Ihnen viel Glück, Kollegin Deggenforst."

„Danke. Früher Zugriff nur dann, wenn ich im Gartenhaus bin und ein Schuss fällt."

„Ok, dann verwanzen wir Sie jetzt."

„Nein, die sollen nichts an mir finden, dass sie in Alarmzustand versetzt. Ich gehe da ja als besorgte Patentante rein."

Casandra rauchte das Zigarillo zu Ende, übergab Petra ihre Dienstwaffe und Ausweispapiere, setzte sich mit Becker ins Auto und fuhr zu der Gaststätte. Den Wagen geparkt, stellten sich Casandra und Becker mit dem Geldkoffer vor das Auto. Ein paar endlose Minuten verrannen. Die beiden hatten den Eindruck, dass sie von dem Gartenhaus drüben beobachtet wurden. Vermutlich hatten die dort ein Fernglas. Gerade wollte sich Casandra ein weiteres Zigarillo anzünden, als sich über der Wiese im Gartenhaus etwas tat. Die Tür ihnen gegenüber öffnete sich. Eine maskierte Person trat in den Türrahmen und winkte zu ihnen herüber. Mit der linken Hand hielt sie Markus am Arm, in der rechten Hand eine Pistole.

Casandra blickte kurz Becker an, ergriff den Koffer und machte sich auf den Weg. Auf halber Strecke blieb sie stehen und winkte, dass der Junge jetzt kommen solle. Die maskierte Person zögerte kurz, dann gab sie Markus einen Schubs. Erst machte der ein paar zögernde Schritte, dann aber lief er los zu Casandra. Bei ihr angekommen, strich diese ihm kurz über den Kopf und rief:

„Lauf zu! Da hinten wartet dein Papa auf dich!"

Dann ging Casandra langsam, sehr langsam auf das Gartenhaus zu. Ein paar Meter vor dem Maskierten, denn es schien ein Mann zu sein, wandte sie kurz den

Kopf und sah, wie Vater und Sohn ins Auto stürzten und wegfuhren. Casandra ging weiter auf den Entführer zu, der inzwischen die Pistole auf sie gerichtet hatte. Zur Seite tretend winkte er Casandra ins Haus und schloss dann von innen die Tür.

10.

Hinter ihr stand wohl Markus Kraus mit Pistole, vor ihr wohl Renate Busch mit Pistole. Auch sie mit Maske. Sie riss Casandra den Koffer aus der Hand, öffnete ihn und schüttelte den Inhalt auf den Boden.

„Geil! So einen Haufen Zaster auf einem Haufen!", rief Busch, kniete sich hin und wühlte in den Geldbündeln.

„Ist das auch alles echt?"

„Das will ich doch hoffen. Die Bank von Herrn Becker und meine sind seriöse Banken."

„Und das sind wirklich 500.000 Euro?"

„Zählen Sie nach!"

„He, nicht frech werden! Und du, steh nicht so blöd rum! Taste die mal ab, ob sie eine Waffe bei sich hat oder so ein Mikrofon oder irgendwas!"

Kraus tat wie angeordnet.

„Sie ist clean", murmelte er dann. „Setzen Sie sich aufs Sofa! Aber keine falsche Bewegung! Sonst knallt ,s."

Busch lag auf dem Rücken und nahm ein Bad in den Geldscheinen. Offenbar steht sie unter Drogen, dachte Casandra.

„Und was machen wir jetzt mit der?", fragte Busch im Liegen und deutete mit ihrer Pistole auf Casandra.

„Sie ist unsere Geisel."

„Schöne Geisel! Mit ihr stimmt was nicht. Ich wette, die ist ein Bulle. Ich rieche so was. Hab genug mit denen zu tun gehabt. Die Patentante ist ein Bulle. Stimmt's?"

Casandra zögerte einen Augenblick. Angriff ist die beste Verteidigung, dachte sie und sagte gelassen:

„Warum sollte eine Patentante nicht auch Polizistin sein? Aber das ist euer Glück."

„Wie? Ich leg dich um, Bulle!"

„Rena, fuchtel nicht so mit der Pistole rum! Vor zwei Tagen ging das Ding los" rief Kraus und wandte sich dann an Casandra.

„Warum soll das unser Glück sein, dass Sie Bulle sind?"

„Na, überlegt doch einen Augenblick! So lange ich lebend vor euch stehe, wird kein Polizist auf euch schießen. Die wollen auf alle Fälle verhindern, dass ihre Kollegin zu Schaden kommt. Solange ich lebe, solange seid ihr sicher."

„Bullshit", schrie Busch. „Ich leg dich um."

„Lass den Scheiß, Rena! Eine niedergeschossene

Frau reicht. Die Bullin hat Recht. Als Geisel ist sie Gold wert. Tot gar nichts."

Die zwei Entführer stritten mit einander. Casandra überlegte, ob sie nicht einfach zur Tür schleichen und davon laufen sollte. Aber schon hatten die zwei sie wieder im Blick.

„Hör zu, Rena. Wir packen jetzt das Geld ein und fahren los."

„Und die da? Was machen wir mit der?"

„Na, die kommt als Geisel mit."

„Was sollen wir mit diesem Klotz am Bein?"

„Hör zu! Da draußen wimmelt es vermutlich von Bullen. Wenn wir der da die Pistole an den Kopf setzen, traut sich niemand, etwas zu unternehmen."

Busch trat vor Casandra, fuchtelte mit ihrer Pistole vor deren Gesicht und schrie:

„Stimmt das, dass es da draußen von Bullen wimmelt?"

„Wundert Sie das? Sie entführen ein kleines Kind, schießen sein Au-pair-Mädchen nieder und erpressen eine halbe Million. Natürlich ist die Polizei hinter Ihnen beiden her. Aber, wie gesagt, solange ich lebe..."

„Scheiße!", schrie Busch. „Ich leg dich um, ich leg dich um!"

„Rena! Rena!"

11.

In der Gaststätte standen Max und Petra und spähten an den Fenstervorhängen vorbei auf das Gartenhaus. Die Minuten strichen unendlich langsam dahin. Da hörten sie zwei unmittelbar auf einander folgende Schüsse, die offensichtlich im Gartenhaus gefallen waren. Sie schraken zusammen. Über Kopfhörer hörten sie, wie der SEK-Leiter „Zugriff" rief. Fast zugleich öffnete sich die Tür des Gartenhauses und eine maskierte Person trat mit erhobenen Armen heraus. Mit einer Hand riss sie sich die Strumpfmaske vom Kopf. Es war Markus Kraus. Schon waren SEK-Männer bei ihm, warfen ihn auf die Erde und legten ihm Handschellen an. Andere drangen in das Haus ein. Max und Petra standen wie erstarrt da. Sie hörte über Kopfhörer, wie einer des Sonderkommandos stammelte:

„Verdammt! Hier liegen die Körper von zwei Frauen. Schickt sofort den Notarzt!"

—

Später saßen Max und Petra im Verhörraum des Präsidiums dem Entführer Kraus gegenüber. Der stotterte ständig, dass er das habe verhindern wollen.

„Rena ist ausgeflippt. Ich hab sie nicht stoppen

können. Die hatte gekokst. Wie bei der Entführung des Jungen. Da ballerte sie auch einfach los. Und jetzt das gleiche. Ich wollte ihr noch die Pistole wegnehmen. Aber sie wich zurück und zielte auf die Polizistin. Ich bedrohte Rena mit meiner Pistole und schrie sie an: ‚Nimm die Pistole runter oder ich schieße!' Doch sie nahm sie nicht runter. Ich sah, wie sie abdrücken wollte und drückte selbst ab. Ich wollte die Polizistin retten. Wirklich. Ich schwör's. Ich wollte keine Verletzte oder Tote. Glauben Sie mir! Es tut mir so Leid, dass die Polizistin tot ist." Er machte eine kleine Pause und ergänzte:

„Um Rena ist es nicht schade."

Max und Petra ließen Kraus abführen. Beide hatten Tränen in den Augen. Sie saßen noch eine Weile stumm im Verhörraum. Schließlich standen sie auf und Max sagte:

„Wir müssen es Felix sagen."

Er versuchte ihn anzurufen, erreichte ihn aber nicht. Er rief die Hochschule an und erfuhr, dass Felix nicht da sei.

„Vielleicht werkelt er im Garten. Fahren wir hin, Petra! Er sollte es dann auch Casandras Nichte schonend beibringen."

„Schonend? Max, wie kann man so etwas einem schonend beibringen? Ok, fahren wir hin. Auf jeden

Fall bleib dann noch eine Weile bei Felix! Er kann sicher eine Stütze brauchen."

„Und du, Petra?"

„Ich fahre danach in die March. Dort werde ich versuchen, einer alten Dame etwas schonend beizubringen. Nämlich, dass ihr lieber Enkel sich wohl viele Jahre lang nicht mehr um sie kümmern kann."

Ende

Timm Maximilian Hirscher
Verdammter Tango
Roman zur argentinischen Militärdiktatur

Mit Speck fängt man Mäuse, mit Tango „Subversive".
So kalkuliert Marinekapitän Adolfo Kaufmann und
startet während der Militärdiktatur in Argentinien
seine perfide Operation. In einem Café in Buenos Ai-
res wird zum geächteten Tango verlockt. Als Lockvo-
gel missbraucht werden die Tangosängerin Dolores
und der Bandoneonspieler Agustín.

Neben dem Kurzroman „Verdammter Tango" bietet
das Buch noch die Erzählung „Tangofilosof", die mit
der Corona-Krise endet.

Herstellung & Verlag:
BoDTM — Books on Demand, Norderstedt
Print in Germany
ISBN: 9783751995276

Timm Maximilian Hirscher
Dustergrund
Ein Schwarzwaldkrimi

In der Schwarzwaldgemeinde Dustergrund kommt es zu einem Kapitaldelikt. Die Tote ist die Pfarrhaushälterin. Kriminalhauptkommissar Merker und seiner Sonderkommission fehlt jede Spur in dem kleinen Ort, in dem es nur ehrenwerte Menschen zu geben scheint. Doch der Mord oder Totschlag, was immer es war, ist nur der Anfang. Herzen bluten.

„...nur wer ein Herz hat, kann so recht fühlen und sagen, und zwar von Herzen, dass er nichts taugt." (Wilhelm Busch)

Herstellung & Verlag:
BoDTM — Books on Demand, Norderstedt
Print in Germany
ISBN: 9783734735967

Timm Maximilian Hirscher
Janes Affenkind
Eine tierische Geschichte

Tierpflegemeisterin Jane Frankenbein träumt seit langem von einem Mischwesen aus Affe und Mensch. Der Affenanteil müsse zu einem humaneren Wesen führen, glaubt sie. Jane missbraucht ihren Freund, einen Medizinstudenten mit dem Spitznamen Tarzan und die ihr anvertraute Schimpansin Clara, um ihren Plan auszuführen. Die Katastrophe bleibt nicht aus.

„...und wie der Affe um so lächerlicher wird, je mehr er sich den Menschen ähnlich zeigt, so werden auch jene Narren desto lächerlicher, je vernünftiger sie sich gebärden." (Heinrich Heine)

Herstellung & Verlag:
BoDTM — Books on Demand, Norderstedt
Print in Germany
ISBN: 9783746029375